오감을 깨우는 맨발 이야기

오감을 깨우는 맨발 이야기

발행일 2019년 7월 30일

지은이 김옥희
펴낸이 손형국
펴낸곳 (주)북랩
편집인 선일영
편집 오경진, 강대건, 최예은, 최승헌, 김경무
디자인 이현수, 김민하, 한수희, 김윤주, 허지혜
제작 박기성, 황동현, 구성우, 장홍석
마케팅 김회란, 박진관, 조하라, 장은별
출판등록 2004. 12. 1(제2012-000051호)
주소 서울시 금천구 가산디지털 1로 168, 우림라이온스밸리 B동 B113, 114호
홈페이지 www.book.co.kr
전화번호 (02)2026-5777
팩스 (02)2026-5747

ISBN 979-11-6299-791-8 03810 (종이책) 979-11-6299-792-5 05810 (전자책)

이 도서의 국립중앙도서관 출판예정도서목록(CIP)은 서지정보유통지원시스템 홈페이지(http://seoji.nl.go.kr)와 국가자료공동목록시스템(http://www.nl.go.kr/kolisnet)에서 이용하실 수 있습니다.
(CIP제어번호: CIP2019029099)

＊이 책 수익금의 일부는 '맨발교육'에 사용합니다.

복과 건강을 찾는 맨발 걷기

오감을 깨우는 맨발 이야기

김옥희

북랩 book Lab

나라의 앞날과 딸의 건강을 염려하시던
華山 아버지께 바칩니다.

신을 벗고
신(神)의 더 큰 사랑과 이웃의 사랑을 느끼며
자유의지의 일상으로
더 '신났다'는 이야기!

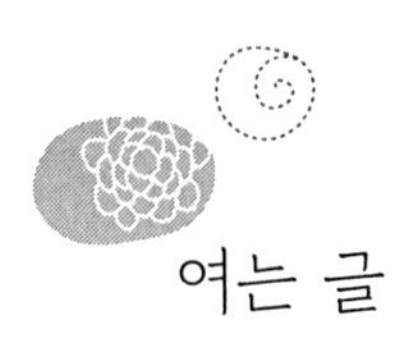

여는 글

신을 신을 때마다 신神을 생각했습니다.
신을 신었으니 삶을 보호하고 좋은 곳으로
인도해줄 것이라는 기대를 했습니다.
그러나 신을 벗고 맨발로 걸으며
신의 더 큰 사랑과 이웃의 사랑을 느끼며 신났던
자유의지의 일상을 이야기합니다!

모든 사람의 행복과 건강을 응원하는
응원단장을 자처하며
걷고 난 직후 따끈따끈 하고 신선한 경험을
곧바로 사진과 함께
맨발교육중앙회 밴드에 올려 공유했습니다.

다음날에 올리게 된 것은, 걷고 나면 잠이 와서
글을 쓰다가 그대로 잠들었기 때문입니다.

맨발 걷기 효과는 조금씩의 개인차이가 있지만,
"숙면을 할 수 있다"는 것만큼은 공통된 의견입니다.
여러 날을 걷고 많은 경험을 가진 분들이 계시는데

겨우 100일 걷고 경험담을 묶는다는 것이
망설임의 이유가 되기도 했습니다만,
처음 걸을 때 느꼈던 두려움과 '괜찮을까?'라는 의심,
몸이 저항하던 것을 생각하며 용기를 내었습니다.

용기(勇氣, courage = cour현행의 +age 나이, 시기, 시대)

결국 지금의 나를
있는 그대로 진심을 다해 말하는 것이므로….

지난봄 교육원 간판 위에 까치가 집을 지어서
좋은 소식이 있을 것이라는 기대를 하고 있었는데
한 학기가 지나는 동안 별일이 없었습니다.

교육원은 한 달이 주기이고,
대학은 한 학기 6개월 주기,
일반 학교는 일 년이 주기로 되어 있는데
저는 이 주기를 따라 산 것 같습니다.

아버지 기일을 지내며 아버지를 기억하고,
아흔 다섯 수를 하시는 어머니 곁에서 한 밤을 자고
예순의 삶을 되새김하는 중에
예기치 않게 맨발을 접하게 되었습니다.
움직여야만 하는 사람의 숙명을 거스른 채
글을 읽고 강의를 하고 글을 쓰며 살다 보니

운동 부족으로 종종 두통을 앓았습니다.
발을 보호하기 위해
최초로 신을 만든 분을 존경하지만
신에 의존하기보다 발의 자유를 선택한 것입니다.

예순 해를 살면서 아무리 좋은 자세도
30 분 이상을 유지하기는 어렵다는
사실을 알게 되어 나름대로
균형 맞추기, 중심 잡기, 위치 찾기를 하느라 애썼지만,
오래도록 앉아 있는 습관이 머리, 허리, 다리 등
온 몸을 아프게 했습니다.
고정된 습관을 바꾸기 위해 무언가를 찾던 중에
맨발 걷기를 권유받았고
아무도 보지 않을 것 같은 밤에
용기를 내어 곧바로 실천했습니다.

맨발 걷기를 하면서
하루도 같은 날이 없었다는 점과
흙과 친해지고 대자연의 변화와
자연 친화의 느낌을 기록했습니다.

그래서 조미료가 들어가지 않은 음식처럼
글이 세련되지 못하고 거칠지만
그때그때 거짓 없는 생생한 체험입니다.

맨발 걷기의 확산을 위해
먼발치에서 그늘을 드리우신 교수 권택환 님!
계속 걷고 쓰도록 격려를 아끼지 않으신
교장 이정구 님과
맨발 걷기를 권유해 주셨던
맨발 학교 경남지부 사무총장 김미경 님!
엄마의 건강을 위해 운동을 장려하고
걸음 수를 잴 수 있도록 앱을 깔아주고
만보기를 사주었던 큰아들 류성화 이냐시오!
운동장에 있다고 하면 잘한다고 박수하며 응원해주던
아들 류성민 아우구스티노!
글을 꼼꼼하게 읽어준 오은솔과 김지윤,
북랩 관계자 여러분과
함께 걸었던 심우心友들에게
깊이 고마움을 전합니다.

이 작은 활자가 또 누군가에게는
맨발 걷기의 첫걸음이 될 수도 있기에
걷는 시간,
함께하는 이웃과의 소통과 화합을 생각하며 미소합니다.
^힘^

2019 기해년 여름
언덕당(言德堂)에서 지암(志岩) 김옥희 두 손 모읍니다.

추천사

맨발 걷기를 처음 접하게 된 것은 2018년 6월
대구 관천 초등학교 교장실이었습니다.
"학생들 학교폭력 예방 및 인성교육에 도움이 됩니다."라는
말에 바로 그날 오후 대구 팔공산 동화사 2시간 맨발 걷기
체험이 시작이었습니다.

요즈음 학생들은 가까운 거리도 자동차를 타고,
학업 위주의 생활 방식과 스마트폰, 컴퓨터
기기 중심의 생활로 인해 생활이 편리하게 되면서
아이들에게 필요한 운동량이 절대 부족하고
인스턴트 음식 섭취 등이 원인이 되어
체격은 좋아졌지만 체력과 건강은 악화되었습니다.

맨발이 흙에 닿으면 세로토닌이 분비돼
기분이 좋아지고, 뇌를 자극해 오감을 일깨워
혈액 순환이 잘 되고 두통· 불면증 해소 등
학생들의 뇌를 깨우고 마음을 깨워 학습 효과를
상승시킵니다.
맨발 걷기는 100세 건강 국민 브랜드입니다.

그리고 학교폭력 예방과 인성교육, 비만 예방, 기초체력
향상의 자연 체감 운동입니다.

고문 김옥희 님은 "혼자서 또 이웃과 함께"
100일 동안 맨발 걷기의 모범을 보이고
그 생생한 체험과 실천 사례를 기록하여
밴드에 공유하였습니다.
'진리는 단순하고 실력은 꾸준함에서 나온다.
작고 단순한 것도 꾸준히 하는 사람이 행복을 잡는다.'

이론을 알고 있어도 실천하기가 어려운데
국민 건강을 위해 체험을 공유하고 그것을 책으로 묶어
맨발의 금자탑을 쌓아 올린 김옥희 고문님!
맨발 걷기의 자랑입니다.
고맙습니다. 축하합니다. 수고하셨습니다.

2019년 7월
정촌 초등학교 교장 白潭 이정구
(맨발교육중앙회 회장)

차례

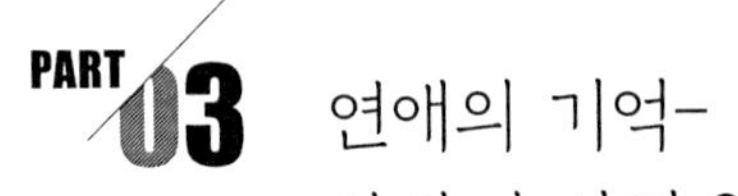

연애의 기억-
사람이 사람을 찾아오는 일 145

생체 시계, 맨발 197

PART 01

달과 함께-꾸준함의 힘

노트북에 go를 입력하면 '해'가 됩니다.
god를 입력하면 '행'이라는 글자가 됩니다.
신께서는 참 부지런히 동서남북 한 치의 오차도 없이
행行하십니다.
어김없는 계절,
밤과 낮 맨발로 걸어보면
한순간도 같지 않음을 느낍니다.

준비운동과 정리운동

걷기도 준비운동과 정리운동이 필수라고 합니다.

최소한 5~10분 정도 스트레칭을 하는 것이 좋습니다.

그리고 정리운동은 속도를 줄여

천천히 걷다가 멈춰야 합니다.

시작했을 때처럼 스트레칭을 반복합니다.

걷기로 인해 쌓인 젖산을

빨리 해소해주는 역할을 합니다.

쾌적하게 걷기 위한 10대 원칙

1. 자기 몸의 버릇부터 알아둔다.
   (그래야 고칠 점도 찾는다.)
2. 등 근육을 펴고 복부를 당겨 걷는다.
3. 무릎관절이 펴질 때까지 보폭을 넓혀 걷는다.
4. 발을 내디딜 때는 뒤꿈치부터 땅에 닿도록 한다.
5. 뒤꿈치에서 발가락 쪽으로 발바닥을 훑는 느낌으로
   땅에 밀착한다.
6. 걸을 때는 엄지발가락에 확실히 중심을 싣는다.
7. 발의 움직임은 좌우 모두가
   각각 직선을 향하도록 한다.
8. 고개를 바로 들고 눈은 5~15m 전방을 본다.
9. 팔꿈치는 가볍게 굽히고 자연스럽게
   원기 있게 흔든다.
10. 호흡은 발의 리듬에 맞게 한다.

자료: 대한 걷기 협회
2018년 7월 20일 오전 8:04

달과 함께 - 맨발 2일

고맙습니다.

결단력을 이제는 순리에 편승이라고 하며
조금은 삐걱삐걱 흔들흔들하는 육신을 달래며
미안해서 조용조용 조심조심하는 상황에
느닷없는 맨발로 걷기!
조금은 부끄럽고 설레는 제안을 받아들입니다.

발이 쏘다. 가다. 떠나다. 파견하다. 발發로
총알, 화살 포탄의 한 발처럼 느껴져서
총알, 화살, 포탄이 아닌 맨발로 찾아가서
웃으며 악수하는 모습이 상상되어
홀로 미소합니다.

맨발의 청춘은 들었어도…
맨발의 백발을 본 저는 신선한 충격을 받았습니다.

양갓집 규수는 버선이나 비단 구두로 신분을 나타내며,
걸치레인 체면을 생각하며
꽁꽁 싸맨 발과 공주의 옷을 인내하는 것!

그것이 문화이자 교육으로 알고 있었는데
도심 한복판에서 교육의 현장에서,
그것도 수장(정촌 초등학교 교장 이정구 님)이 맨발로,
인사 도중에 군중 앞에서 맨발을 들어 보이기까지 하며
확신에 차 맨발로 걷기를 강조하시는데
일단 맨발로 걸어 보기로 했습니다,

기막힌 일은 별것 아닌 체면을 지킨답시고
깜깜한 밤을 틈타
맨발로 걷기를 실행한 것입니다.

아버지 기일을 지내고 만난 인연이어서
안 한 척하며
조용하게 그들이 하는 대로 따라 해보았습니다.

생전에 두한족열頭寒足熱을 가르치며
딸의 생명을 염려하셨던 아버지를 생각하며
평소에 "양말 신어라!"를 실천했습니다.
대부분 검정 고무신을 신었던 60년대에
저는 검정 구두를 신고 다녔습니다.
그게 발에 대한 예의인 줄 알았습니다.
"신을 벗고"가 인간의 주체성 확립!?
도전 2일째.
아리고 쓰리고 오른쪽 엄지발가락 아래 콩알 같은 물집이

잡혔습니다.
미장센 샴푸 이름(?)이나
무대 위의 연출을 뜻하는 미장센보다는
미장세美長勢,
다시 말해 '아름답게', '오래', '함께' 걷는 것이 중요합니다.

제가 시간 가난뱅이지만 아무리 시간이 없어도
스스로에게 하는 약속은 잘 지키는 편입니다.
2016년 2월 4일부터 어제까지 도시의 만보 객이어서
신을 신고 900일 정도 걸었습니다.
계절이 계절인지라 신만 벗어들고
홀로 천전 초등학교의 동심을 느끼며
동그란 길을 걸었습니다.
반달이 헤벌쭉 웃으며 동행했습니다.
별들도 함께 했습니다.

행복을 뜻하는 Happiness의 어원은
'발생한다'는 뜻을 지닌 Happen이랍니다.
행복은 발생하는 것입니다.
그냥 웃으면 행복의 감정이 발생합니다.
맨발 걷기로
이미 내게 찾아와 있는 우연의 행복을 누리는 것입니다.
우리의 뇌는 거짓으로 웃어도 실제 웃을 때와 같은
도파민이나 엔돌핀을 분비한다고 합니다.

성공할 때까지 행복을 미루지 맙시다.

웃으면, 행복하면 성공할 확률이 높아진다고 합니다.

같이 갑시다.

^힘^

2018년 7월 21일 오전 8:04

호사다마, 왼발부상 - 맨발 3일

일단 걸어보기로 했습니다.

내 왼쪽 발목의 불편은 아들의 대학 졸업식장에서 받은

부상副賞이 아닌 부상負傷입니다.

아들이 한마디 귀띔도 하지 않아서

아들이 어떤 상황에 있는지도 모르고

엄청난 숫자의 하객 중 한 사람이 되어

아들을 찾고 있는데

졸업생 중에 맨 앞에서 걸어오는 아들을 보며

느낀 심상치 않은 두근거림

그 심상치 않은 예감이 현실이 된 것입니다.

내 아들이 숨마쿰 라우데(Summa Cum Laude)?

교사직을 수행하면서 지(=자기) 새끼도 못 가르치면서

남의 새끼 가르친다고 할까 봐 가졌던

조바심이 사라지는 순간,

감정 조율이 힘든 기쁨이었습니다!

세상사 새옹지마塞翁之馬!

그 이후…

왼쪽 발목을 절룩이며 불편함과 동행하게 되었는데
병원 갈 시간도 없는 시간 가난뱅이여서 절뚝이며
진주에서 서울까지 통학을 한 지 8년이나 되었습니다.

요즘의 내 정서에 맞는 소박하지만 확실한 행복은
배우는 것이고, 또 맨발 걷기입니다.
맨 앞, 맨 뒤! 맨손, 맨발!

도전 3일째
불이 곁에 있는 것처럼,
파스 붙인 것처럼 왼발이 후끈후끈 합니다.
달릴 수도 있을 것 같습니다.

좋습니다! 맨발로 걷기. ♡♡♡ ^힘^

2018년 7월 22일 오후 7:58

작심삼일 -"3년 고개"를 생각하며 - 맨발 4일

3년 고개! 그 고개에서 넘어지면
3년 밖에 못 산다고 하는데
영감님이 넘어져서 밥도 안 먹고
죽음을 헤아리며 시들어 가는데,
그 광경을 지켜 본 손자가
"그러면 한 번 더 넘어지면 되겠네."
"옳거니! 그러면 되겠네."

그 영감님. 데굴데굴~.

머릿속에 인문학의 불이 켜지는 듯한
유쾌, 상쾌, 통쾌를 경험했습니다.

도전 4일째
작심삼일作心三日? 3년 고개처럼 3년?
아닙니다. 저는 하루살이입니다.
오늘 하루만 살기로 했습니다.
내일은 모릅니다. 오늘이 있을 뿐!

왼발 엄지발가락이 간질간질합니다.

오른발 엄지발가락의 물집은 사라졌습니다.

내 몸과의 소통. 그리고 자연과 화합!
천전 초등학교 운동장에 달이라는 등을 달아 밝혀주신
신께 감사하며 신을 벗어 듭니다.
마사토의 따끔거림이 친숙해지는 듯한 느낌입니다.
그리고 놀이터의 포슬포슬한 모래를 밟을 때
삶의 위로를 받습니다.

낮 동안 "그냥하자. 'Just do it!'" 그랬습니다.
완벽을 향해 차오르는 달을 보며.
완벽하지 않은 시간을 허용하며
나만의 동그라미를 그리는 밤!
원만해지는 듯한 맨발로 걷기…!
1톤의 생각보다 1그램의 실천이 낫습니다. ^힘^

2018년 7월 24일 오전 6:21

발의 지도를 보며-삶의 지도智道를! - 맨발 5일

발의 지도를 보며 삶의 지도를 생각합니다.

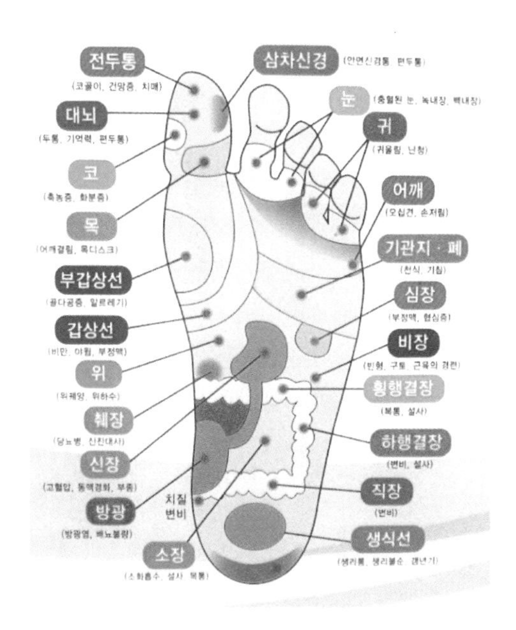

사람에게는 서로의 마음에 들어가는 지도가 없습니다.
마음의 길을 설명해주어야 합니다.
자신이 좋아하는 것과 싫어하는 것을.
솔직한 대화를 통해 안내해야
관계가 오랫동안 유지되는 것입니다.
솔직하고 진정성 있는 이야기가
마음의 지도를 가르쳐주는 것입니다.

사회에서 말하는 훌륭한 어른은
성공한 사람, 현명한 사람, 정의로운 사람, 믿음직한 사람입니다.
그런데 '내 인생이 슬플 때 훌륭한 어른이 위로가 되었나?'
오히려 기댈 수 있는 능력, 타인의 아픔에 공감하는 능력,
어쩔 줄 몰라 하고, 적당히 치댈 수 있는 관계 능력이 좋은 사람이
위로가 된 적이 많았습니다.

천전 초등학교 교문을 들어서면
깜깜한 밤에 혼자 치르는 의식. 신을 벗습니다.
신을 신고 있는 동안
나만의 발 언어를 들을 수가 없었는데,
'신神에 귀의해서 인간 주체성을 확립하지 못하고
자유의지를 잊고 살았던 게 아닌가?' 생각하며
천전 운동장 동그란 길에서 직선의 길 강변을 걸었습니다.
아들이 함께 했습니다. 시원한 바람도 함께 했습니다.
아들이 지압 길을 걸어보라고 해서 걸었더니
너무 아팠습니다. 아픈 만큼 성숙할까요?

다시 물집이 잡혔습니다. 왼쪽 발목이 욱신욱신합니다.
발바닥에 이상이 있을 때마다 인어공주가 생각납니다.
내 걷기가 고통스러울 때,
인어공주처럼 남들에게는 아름답게 보일까요?

균형 잡기, 중심 잡기,위치 찾기로 삶의 지도를 그립니다.
먹을 게 없어도 더위는 먹지 마시고 ^힘^

2018년 7월 25일 오전 6:05

시간은 사람을 먹고 자란다 - 맨발 6일

시간의 먹이가 되고 말 것인가!

예술회관에서

"걱정하지 말아요. 그대~"가 응원가처럼 들려오고…

불안해할 필요는 없습니다.

가톨릭 방송에서 들었던 강의가 생각납니다.

사람은 심미적 삶, 윤리적 삶, 종교적 삶의

3단계로 질적 성숙을 이루는데

이 삶의 단계를 도약할 때마다

불안이 작용한다고 합니다.

심미적인 삶으로
감각적 쾌락을 좇아 살거나 기분에 따라 살다가,
이것으로 행복해질 수는 없다는 것을 깨닫고
미래를 불안해하다가 절망하며 윤리적 삶으로 도약해서
인간으로서 지켜야 하는 보편적 가치와 윤리에 따라 생활하고,
이후 또다시 찾아온 불안과 절망이
종교적인 삶으로 사람을 이끈다고 합니다.

불안을 없애는 방법은
강력한 희망과 꿈으로 무장하거나
불안을 신께 맡기는 것이라고 합니다.
성경에는 "두려워하지 말라."가
365번 기록되어 있다고 합니다.
신은 하루에 한 번씩 우리를 위로하시나 봅니다.

불안은 희망을 가진 사람이 누리는 특권,
곧 생의 에너지라고 합니다.
시간을 불안에 내어주지 말고
시작이 반. 시~작!
별의 기운이 느껴지나요? Start - star
시작할 때는 하늘의 별에다 목표(Target)를 두듯
이상을 높게 하겠지만,
무한한 우주의 질서에서 느끼는 것은 오직 겸허!

오른발! 왼발! 차례를 지키며
도전 6일째
마사토의 따끔거림에 이상한 쾌감.
아프다~.
종아리를 장딴지라고 하더니
젖산으로 가득 찬 것 같은 느낌입니다.

별의 기운을 느끼며
담담하게, 당당하게!
주어진 시간에 최선을 다합시다.
오늘도~ ^힘^

2018년 7월 26일 오전 6:30

좋은 세포가! - 맨발 7일

책과 씨름하다 보면
하루 종일 1,000보도 걷지 못할 때가 많습니다.
신 신고 만보 걷기보다
맨발로 걷는 것이 자극이 크고 반응이 직접적입니다.

왼쪽 발바닥이 근질근질.

다쳤던 발목이 묵직한 느낌이지만,
역시 인간이 흘릴 수 있는 고귀한 액체인 땀과 눈물,
그리고 피가 정에도 쏠리지 않고
이치에도 쏠리지 않게 합니다.

걷고 난 뒤의 쾌감은
직접 느껴보심이 좋을 것 같습니다.
오른쪽 엄지와 검지 발가락 사이의 물집도 근질근질….
왼쪽 눈에 핏발이 선 것도 걷기의 영향일까요?

내 몸의 세포들이 새로운 자극으로 움찔움찔합니다.
우리 몸의 혈관 길이가 지구 두 바퀴 반
혈관의 총 길이가 120,000㎞라고 합니다.

우리 몸의 세포 분자가 서울시보다 긴 60㎞의 거리를 달리며
연락하기 때문에 우리가 살아가고 있다고 합니다.
몸은 규칙적으로 법 따라 살아야 한답니다.
좋은 마음이 좋은 세포를 만들고
나쁜 마음이 나쁜 세포를 만듭니다.

마음의 해독작용이라는 기도로
모든 것을 다 맡깁니다.
몸과 마음의 평화를 빕니다.
^힘^

2018년 7월 26일 오후 11:14

'독하다'를 생각하며 - 맨발 8일

서울에서는 격식을 차려야 해서
신의 크기를 평소보다 크게 신고
비싼 무중력 신을 신어도 발이 불편합니다.

피곤한 몸으로 '그냥 잘까?' 생각하다가
신을 벗고 달을 따라 걸었습니다.

몇 방울의 비가 놀이터의 모래를 단단하게 해서
맑은 날의 걷기보다 수월했습니다.
이제 마사토가 친숙해진 세포들의 동향을 느끼겠습니다.
흐린 날이면 욱신욱신하던 왼쪽 발목이 아픈 줄도 모르고
왼쪽 발바닥이 더 많이 근질근질하며 쾌감이 느껴집니다.

홀로 맨발로 걷기의 고독과
힘들어도 매번 걷는 중독과
매일매일 걸어야 하는 지독함 '
독하다'를 생각하며 어느 결에 '진주가 참 좋다.'
조개 속의 진주처럼
우리나라의 인재가 많이 배출되는
보석보다 찬란한 교육의 도시

문화의 도시 진주를 생각합니다.

현대 문명이 밤을 없애버림으로써 잠이 줄었습니다.
그래서 현대인은 휴식 불능 상태입니다.
자기 몸을 배려할 줄 모르는 현대인은 멈추지를 못합니다.

'열심히'는 심장이 뜨거워진다는 말인데,
심장이 뜨거워지는 것은 만병의 근원입니다.
심장을 편안하게 해야 합니다.
그래서 사람들은 긴장할 때 청심환을 복용합니다.
청심 유지를 위한 맨발로 걷기.
오늘은 발바닥이 후끈후끈합니다.
밤의 포근함을 느낍니다. 모두 좋은 꿈꾸시길….

2018년 7월 28일 오후 10:52

삶은 수미상관首尾相關임을 생각하며! - 맨발 9일

사람에게 있어 가장 매력적인 것은 성장입니다.
몸의 성장은 25세쯤에 멈춘다고 하지만,
우리의 영혼은 죽을 때까지 성장하는 것입니다.
그리고 성장은 사랑받는 비결입니다.

태어난 뒤 걷기 위해서 일어서고 넘어지고를
천만 번도 더 했을 텐데 이제 와서 다시 걷기를 하다니…
어이가 없습니다.

처음으로 돌아간다는 말
갓 태어났을 때 실오라기 하나 걸치지 않은 알몸으로 나와서
걷는데 3년. 말을 배우는데 6년이 걸렸습니다.

아흔다섯 수를 하시는 어머니를 보며
말 못 알아듣고 이 빠지고 순수해져서 해맑게 웃고
두 발, 아니 지팡이 포함 세 발로 그리고 네 발로 기어 다닐
시간이 곧 오겠다는 생각을 합니다.
'내가 어머니 나이가 되면 나는 어머니만큼 안 되겠구나.
젊은 시절 시골에서 맨발로 논밭을 매고 다니셔서
이만큼 수壽를 누리시는구나.' 생각합니다.

어머니를 보며 인생은 수미상관임을 생각합니다.
'태어났을 때와 비슷한 모습이 되어 돌아간다고 하는구나.'
사람의 가슴에 담겨야만 죽지 않게 되는 것!
누군가가 기억하는 동안은
세상에서 죽은 것이 아니므로
잊혀 지지 않는 의미가 되는 일을 생각합니다!

흰 머리카락이 나온다는 건 영혼이 익었다는 증거인데
요즘은 영혼이 익는 것보다는 외양에 비중을 많이 두는
시대이므로 몸 관리도 필수입니다.
그런데 내 생활은 습관적으로 앉아 있는 일이 많습니다.

나이 불문
걷기 - 기본에 강해지는 것.

발의 지도를 보니
만성적인 눈 질환을 뜻하는 부분에 물집이 잡혔습니다.
그리고 눈의 핏발이 사라졌습니다.
흰자위가 하얗게 되었고,
왼쪽 발 상처 부위의 통증은 조금 더 뚜렷해졌습니다.
아프다…. 걷는 동안은 아프지 않습니다.

모든 살아있는 것은 말랑말랑합니다.
뻣뻣해진다는 것은 죽어가는 것들의 특성!

발이 따뜻해지고 말랑해졌습니다.
부드럽습니다. 부드러운 것이 이깁니다.
부드러운 혀가
딱딱한 이보다 오래간다는 것을 보아도 알 수 있습니다.
쇠를 펼치면 비행기도 되고, 배가 되기도 합니다.
그러나 쇠가 뭉쳐진 그대로라면 가라앉습니다.

홍익弘益을 생각합니다.
홍弘, 내가 가치 있다고 생각하는 홍.
익益, 그 가치를 세상에 나누는 익의 실천!
얼마나 많은 사람에게 이익을 주느냐?
그것이 삶의 가치이고 과제입니다.

운동장의 부드러운 바람 한 줌 나눠드리고 싶습니다.
오늘도 걷는 종족들에게 축복을~!
^힘^

2018년 7월 30일 오전 7:03

아버지 - 맨발 10일

아버지는 누구인가?
아버지는 기분 좋을 때 헛기침을 하고,
겁날 때 너털웃음을 짓는 사람이다.
아버지는 혼자 마음껏 울 장소가 없어 슬픈 사람이다.
아버지는 매일 머리가 셋 달린 용과
싸우러 나가는 사람이다.
아버지란 '내가 아버지 노릇을 제대로 못 하고 있나 보다.' 하고
매일 자책하는 사람이다.
아버지는 '가정교육은 손수 모범을 보이는 것이다.'라는 격언에
콤플렉스를 느끼는 사람이다.
아버지의 마음은 먹칠을 한 유리로 되어 있어서 잘 깨지지만
속은 잘 보이지 않는다.
자식들이 늦게 들어올 때 어머니는 열 번 걱정하는
말을 하지만 아버지는 열 번 현관을 쳐다본다.
아버지는 '아들딸들이 나를 닮아주었으면' 하고
바라면서도 '아니, 나를 닮지 않아 주었으면' 하고
이중적으로 생각하는 사람이다.
아버지는 가족에게 어른인 체를 해야 하지만
친한 친구나 맘이 통하는 친구를 만나면 소년이 되는
사람이다.
아버지는 가족들을 위해 온몸이 부서져라 일해도
부자 아빠가 못 되어 큰소리치지 못하는 사람이다.
어머니의 마음은 봄, 가을을 오고 가지만
아버지 마음은 가을, 겨울을 오간다.
아버지는 어머니 앞에서는 기도도 안 하지만
혼자 차를 운전하면서 큰 소리로 기도하는 사람이다.
아버지! 뒷동산의 바위 같은 이름이다.
시골 마을의 느티나무 같은 크나큰 이름이다.

-작자 미상-

농경 사회에서는
흙을 밟고 만지는 것이 일상이다 보니
흙과 함께 하는 일을 천하게 여겨서
아버지는 땅을 밟지 못하도록 하며 저를 키우셨습니다.
아버지는 자식이 태어날 때 처음부터 지켜본 것은
늦둥이인 저밖에 없어서
제가 생명의 경이로움이었다고 하셨습니다.
딸은 귀하게 자라야
남의 집에 가서도 대우를 받는다고 하셨는데,
그토록 사랑하셨던 막내가
밤마다 맨발로 학교 운동장을 걸어 다니는 걸 아신다면
“너 뭐하는 짓이냐? 발 다치려고? 신 신어라.
신 살 돈이 없나? 신 안 신고 맨발이 뭐냐?”고
호통을 치실까? 아니면
“잘했다. 뒤늦게라도 제대로 걸어라~” 하실까? 후훗.
소나기가 내린 뒤라서 질퍽한 곳을 밟고 나니
아버지 생각이 더 간절합니다.
“아버지, 저기 물이….” 하면
손에 들고 있던 책을 놓고 곧바로 일어서서
삽을 찾아들고 바로 흙이나 모래를 뿌리셨을 겁니다.

학교 다니는 동안 저녁 8시면 통행 금지였는데,
심야버스를 타고 국토를 종단하고 다니는 딸을,
24시간 비행기를 타고 동서양을 헤매고 다니는 딸을

아버지가 아시면 뭐라고 하실까요?
달이 둥그렇게 떠오르는 것을 보니
달-딸-탈로 읽힙니다.

작심삼일 세 번! 다시 한 발을 내딛습니다.
아, 그런데 발의 균형이 맞지 않아서일까요?
왼발은 발목이 아프고 아치형이 있는 신장과
심장 쪽이 시원하고 충만해지는 듯하고
엄지발가락 끝이 시원합니다.
오른발은 엄지발가락 아래쪽 눈이라는 곳이 쑥쑥 아립니다.
양쪽 발이 왜 다른 느낌일까요?

"너의 선 곳은 거룩한 땅이니 네 발에서 신을 벗어라."
- 출애굽기 3:5

2018년 7월 30일 오후 11:19

걸었습니다… 그냥 - 맨발 11일

제가 어릴 땐 여자아이들의 이름은
보통 "자야.", "희야.", "숙아."였습니다.
저는 그중에서도 "자야."의 영향을 많이 받아
글자, 활자가 친구인데
카톡으로 연결된 전국의 맨발 소식이 톡톡톡
머리끝이 서는 것 같아서 홀로 걷기를 선택했습니다.

운동장을 걷는데…
아, 왼쪽 발가락 쪽 발바닥이 어찌나 가려운지….
그리고 오른쪽은 발뒤꿈치 쪽이 가렵고 근질거려서
세포들끼리 연대하려고 이러나 보다 생각합니다,

누군가 임상 경험을 알려주면 좋겠는데
막연한 느낌. 그러나 변화는 분명한 맨발로 걷기….

달이 없어 깜깜한데
연인들이 앉아서 소곤거리는 소리가 들렸습니다.
잠이 와서 눈을 감고 걸었습니다.
오금쟁이가 뻐근하고 발바닥이 어찌나 간질거리는지….

여름도 이제 절정입니다.
강렬한 해! 태양은 태음과 맞물려 있습니다.
극과 극은 통하니까요.

'해'를 자판의 영자로 치면 'go'가 됩니다.
해가 떠 있는 동안 가야합니다.
삶의 목표를 향해….같이 갑시다.

라틴어로 아우름(Aurum)은 '빛나는 새벽'이랍니다.
힘(Hymn)은 '찬송가', '찬미가', '찬가', '성가聖歌'를 뜻합니다.
칭찬할 때면
칭찬하는 나도, 칭찬 듣는 이도 기운이 납니다.
동서양의 언어가 근원적으로 통한다는 것을 느낍니다.
가을은 이미 채비하고 기다린답니다.
한 발씩 조심스럽게… 가을이 오고 있습니다. ^힘^

2018년 7월 31일 오후 11:40

꾸준함의 힘 - 맨발 12일

어제는 몹시 아팠습니다.
무리하면 몸이 엄청나게 반항합니다.
세월이 지남에 따라 몸의 항거가 세집니다.

요즘은 몸이 정신을 패대기칠 기세로 항거합니다.
피부가 아파서 잠을 이루기가 힘들어서
모포를 돌돌 감고 있어도….
고통스러운 밤이 길었습니다.
덕분에 오늘은 기운이 없이 하루를 마감하려다가
학생들에게는 꾸준함의 힘을 강조하면서
내가 도중에 하차해서는 안 되겠다는 생각이 들었습니다.
스승. 스스로를 이겨낸 사람이라고 생각하기에!

강물은 소리 없이 물길을 만들고 흐릅니다.
놀랍습니다.
한 방울의 물은 온데간데없지만
그 한 방울, 한 방울이 모여 강이 된다는 사실!

매일 매일이 모여 일생이 된다는 것!
한걸음의 반복.

시간과 땀! 가장 믿을 수 있는 것!

맨발 걷기 동지가 천전 초등학교를 찾아왔습니다.
임원 모임을 마치고 와서
함께 운동장을 몇 바퀴 더 걸었습니다.

걷기에 중독이 되어서
마주 보고 "하하하!"
이게 무슨 짓이람. 깔깔깔.

2018년 8월 1일 오후 11:26

우려하던 현실, 요기 - 맨발 13일… 실패

왼쪽 발바닥이 아무런 표가 안 나는데 디디면 아파서
나도 모르게 오른쪽 다리에 몸의 중심을 두게 되자
오른쪽 무릎이 아프고
종아리가 무겁고 탱탱해지는 느낌이 들었습니다.

점심시간에 아들에게 발바닥을 보이며
"뭐가 보여? 아무런 이상도 없지?"
그랬더니
"아무것도 보이지 않는데…. 요기?"
하며 눌렀는데 온몸에 전율이 쫘악 흘렀습니다.

하루종일 추워서 에어컨도, 선풍기도 켜지 않고
바람이 불어오는 곳, 그곳으로….
몸속으로 흐르는 바람을 느꼈습니다.
여름엔 이런 경험도 괜찮은 것 같습니다.

-맨발은 참 여러 가지로 경제적입니다.

어젯밤에도 아파서 절룩이며
"아프다. 아프다." 하면서 출석했습니다.

발바닥에 아주 작은 돌이 박혀서 곪아가고 있는 중이었습니다.
어찌나 근질근질하던지 발을 마사토에 문지르다시피 했더니
몸속으로 입성할 때를 기다려온 녀석이 냅다 침투~!

우려하던 현실은 늘 현실이 되나 봅니다.
'깜깜한 밤에 돌이 내 발에 상처를 주면 어떡하지?'
드디어 박혔네요. 후훗. 바늘로 쉽게 제거했습니다.
그러니까 걱정 말아요, 그대!

부상당한 자리,

폐해를 입은 흔적이라는 상처傷處가
'높은 곳에 자리하다'라는 뜻의
상처上處라고 생각됩니다,
고통의 순기능은 보호, 단련, 성장이라고 하지요?
인류문명의 발전은
시련과 고통을 통해 계기가 되고
시련을 통해 위대한 일이 이루어졌다고 합니다.

고통을 통해 우주의 사장에게
"서비스가 이따위야?"
하며 고통에 이의 제기를 하며
다른 사람들과의 고통과도 연대하게 되며
우주의 주관자와 소통이 되는 계기가 되기도 하기에

고통을 통해 더 잘되기도 하나 봅니다.

8월 2일의 꽃이 상사화想思花랍니다.
꽃말이 '순결한 사랑'이라는 상사화!
잎이 완전히 없어진 뒤 꽃이 나오니
이런 이름이 생기지 않았나 싶습니다.
상사병은 보고 싶어서 난 병이지만,
상사화는 잎이 나중에 필 꽃을 위해 최선을 다한 뒤
꽃대가 올라오면 조용히 사라집니다.
잎의 숭고한 노력으로
꽃이 화려한 자태를 뽐낼 수 있게 됩니다.

맨발로 걷는 맨발족을 상사相思하며
내일쯤은 등교할 예정입니다~!
^힘^

2018년 8월 2일 오후 9:41

맨발 학교 13일간의 출석기!

2016년 2월 4일! 도원결의처럼

바보 네 명이 모여 뒤늦은 결의를 했습니다.
S대를 기점으로 도시의 만보 객이 되기로 약속해서

바보님 1. 양재천을 따라 걷는 통 큰 바보님!
딸이 미국 스탠퍼드 대학 경영학과 박사 과정에 다닌다고.
초등학생에게 스탠퍼드 대학에 진학하면 장학금을
주겠다고 하며 큰 꿈을 심어주는
I believe you. absolutely!
(나는 당신을 믿습니다. 완벽하게)
이 한마디로 미국에서 몇 억짜리 설계도를 받았다고
자랑하는 착한 회장 바보님!

바보님 2. 남강에 산책하러 나갔다가 "Hi." 한마디로
인디애나에 미국인 친구를 두게 되었다고.
가르친 학생이 실제로 인디애나에 있는 린다의 집에서
2박 3일을 자고 왔는데,
"선생님! 선생님 친구 부자예요.
집도 크고 농장이 굉장히 넓어요!"
그 자랑하다 남강의 만보 객이 된
늘 모자란 공부하는 원장 바보님!

바보님 3. 독일에서 박사 학위 받고 중국 가서
시진핑에게 우리나라 정품 화장품을 사용하지
짝퉁 만들지 말라고 하기도 하고
우리나라 식약계에 큰일을 하며 일산 호숫가를 걷는
기도하고 드럼 치고 잘 웃는 청장 바보님!

바보님 4. 어떤 대상을 다른 대상과 연결하게 하는
연결(connection)의 대가로 교회를 몇 번이나 지어서
헌납하고 광명 근교를 걷는 만보 객.
환하게 잘 웃는 이사 바보님!

이렇게 신을 신고 만보를 걸은 일수가

900여 일 + 맨발로 걷기 13일 =
1. 얼굴이 작아졌어요.
2. 살 빠졌어요.

본인의 느낌은

1. 안개가 가득한 것 같은 머릿속이 명쾌해졌다.
   기억력이 좋아졌다. 두통이 사라졌다.
2. 숙면을 취한다.
   밤에 걸어도 세포가 깨어나기는커녕
   잠에 취해서 씻으면 그대로 잔다.
3. 신 신고 걸었을 때보다
   맨발 걷기가 중독성이 강하다.
   걷고 싶어진다. 집중력이 좋아졌다.
4. 상체 비만이었는데 몸의 균형이 잡힌다.
   비너스를 닮아가는 것처럼 숨어 있던 곡선이
   보일락말락. 운동장을 돌아서인가? 자아도취인가?
5. 주름이 없어지고, 피부가 맑아졌다. 땀을 흘려서
   로션도 안 바르는데 피부가 좋다는 이야기를 듣게 되었다.
6. 동작이 빨라지고,
   부지런하게 되며 많은 양의 일을 하게 된다.
7. 걱정할 시간이 없어서 더 긍정적이 되었다.
8. 이유도 없이 몸과 머리가 가려웠는데
   가려움증이 없어졌다.

더 있는데… 잠이 옵니다….

맨발 걷기 13일 차
오늘은 발을 혹사시키지 않기 위해
잔디 위를 사뿐사뿐 걸었습니다.
그리고 지압 길을 걸었습니다.
왼쪽 발목이 마뜩잖은 것은 여전하지만,
아픔의 강도가 줄었습니다.
왕복 다섯 번!
왼쪽 발에 침입했던 녀석이
소통의 길을 조금 뚫어놓고 추방당했나?
그 돌이 그 자리에 그대로 있었으면
진짜 조개 속의 진주처럼 될 수도 있었을까?
흙이 폭신폭신하고 친근한 느낌에… 어우 좋아!

신을 신고 걸을 뻔했는데,
상사하는 맨발님들과의 의리로 맨발 출석했습니다.

맨발 만세!
겨울이 되면 이 여름이 그리울 것 같습니다. 잘 자요~!

2018년 8월 3일 오후 11:36

걷기로 몸의 르네상스를 맞이하다 - 맨발 14일

"지난 7월 26일 정부는 '국가 비만 관리 종합 대책'을
내놓으며 2019년까지 폭식을 조장하는 미디어나
광고에 적용하는 가이드라인을 개발하고 모니터링 체계도
만들겠다고 했다."

그동안 몸보다는 정신이 우리 몸을 지배한다고 생각했습니다.
정신력의 문제!
그러나 몸이 정신을 감싸고 있다는 사실을 간과하면
아프다는 사실!
세계와 나의 경계가 몸임을 깨닫습니다.

비만을 해결할 때 맨발 걷기가 좋다는 것을
정책적으로도 활용했으면 좋겠습니다.

"벗어봐~ 걸어봐~ 웃어봐~"
친구와 함께 걷고, 지압 길을 걸었습니다.
몸의 이완을 느꼈습니다.
그런데 앞에서 걸어오던 아주머니
"왜 신발을 벗었어요?
개똥도 있고… 에휴! 빨리 신발 신어요!"

조동화(1948~) 시인의 '나 하나 꽃 피어' 중 일부를 옮겨 적습니다.

> 나 하나 꽃피어 풀밭이 달라지겠느냐고 말하지 말아라.
> 네가 꽃피고 나도 꽃피면 결국 풀밭이 온통 꽃밭이
> 되는 것 아니겠느냐

2018년 8월 4일 오후 11:05

레지오 에밀리아 교육을 생각하며 - 맨발 15일

"로마에서는 로마법을 따라야 한다."

법이란 것이 딱딱하고 어렵다고 하지만,
막상 법을 지켜보면 지키는 것이
편하다는 것을 알 수 있습니다.

"왜 공부해야 하는지 모르겠어요."
"나도 잘 모르겠다. 공부를 왜 안 해야 되는지 몰라서
그냥 했어! 의미 있는 일은 작정하지 않으면 안 돼.
하기 싫어하며 미루기보다 이왕 하기 싫은 거
먼저 해버리고 노는 건 어때?
공부 먼저 하고 노는 것을 뒤에 하면 어떨까?
대체적으로 노는 것 먼저 하기 위해 의미 있는 일인 봉사나
공부를 미루면 이중고에 시달려.
사는 게 그런 것 같아. 공부 먼저 하고 놀면 홀가분하고
할 일 하고 노니까 당당한데, 놀기 먼저 하면 스트레스야.
이래 살아도 되나? 누가 뭐라고 하지 않아도 스스로
걱정하며 놀기도 제대로 못 하고 공부도 제대로 못 해서
스트레스가 생기고 쌓이고…. 원래 잘된 일 뒤에는
스트레스보다 뿌듯함이나 보람이 가득하거든.
처음에 하기 싫었던 일도 막상 해보면 재미있는 일이 많아."

학생들을 설득할 때에도
내 감정을 빼고 차분하게 이야기를 해야 합니다.
학생들이 재미를 느낄 때는
원리를 알거나 성취감을 얻었을 때입니다.
요즘 학생들이 말 안 듣는다고 해도 원리를 가르쳐주면
얼굴빛이 달라지는 것을 알 수 있습니다.
그리고 성적이 잘 나오면 기쁨에 차 있습니다.
그 기쁨의 맛을 보고 감동을 느낀 사람은 그 일을 합니다.
사람은 감동을 따라 움직이거든요.

지식知識을 따지고 보면
지知는 입口이 화살矢처럼 날아간다는 의미니까
말하기이고
식識은 말言을 찰진 흙戠에 하는 의미를 가지고 있으므로
글쓰기라고 할 수 있겠습니다.
사람의 지식이 사람의 힘이라는 것을 생각하면
결국 말하기와 글쓰기가 힘입니다.

걷다보면 많은 생각이 들고
또 단순하면서도 한 가지로 집중되는 것을 알 수 있습니다.
도전 15일!
달빛과 별빛 아래에서…. 좋았습니다.
극기 훈련이라고 하면서 힘들어도 화내지 않더군요.
발레리나가 꿈인 여섯 살 다온!

미소 천사 세 살 신지!
번개 친 사무총장 김미경 님!
번개 장소로 안내한 김정운 님과 아내 김정빈 님!
윤상봉 님, 변세현 님!
세상에서 가장 아름다운 관계에 있는 김혜경, 문지영 모녀!
함께 해서 행복했습니다.

하늘나라에서 내려다보았으면
"어~! 지상에도 반짝이는 그 무엇이 있네." 할지도 모를 일입니다.
어른의 재미는 기대하십시오. 계속될 테니…

2018년 8월 6일 오전 7:29

어른의 재미 - 맨발 16일

약간의 고통스러움도 재미로 생각하면 견딜 수 있습니다.
몸의 이상이 많이 줄었습니다.
다쳤던 부위의 아픔이 선명해졌지만 통증은 줄었습니다.
맨발로 걷기의 체험을 이제 주변에 전도하게 됩니다.

모든 사람은 이익을 바란다고 하는데
그 이익은 경제적인 것과 정서적인 것으로 나뉩니다.
이 측면에서 맨발 전도는 여러 가지로 좋습니다.

1. 돈이 들지 않습니다.
   신발값도 들지 않고 정열을 발산할 수 있습니다.
2. 과학적입니다.
   자신만의 몸무게로 자신의 발을 누르다 보니 별다른
   부작용이 있을 수 없습니다.
3. 감각적입니다.
   그동안 신이 느꼈던 것을 내 피부로 느낄 수 있어서
   무디어진 감각이 살아납니다.

근질근질
경제적 이익과 정서적 이익을 실현할 수 있는 건강함
-맨발로 걷기!

대부분의 재미는
직접 해봐야 하고
타고나야 하고
타올라야 한다고 합니다.
걷기도 직접 해봐야만 알 수 있습니다.

어른의 재미는 연애를 하거나 새로운 일을 하는 것이라고 합니다.
연애는 혼자 하기 어렵고 문제가 되는 경우가 많으므로
함부로 하는 것을 삼가야 합니다.
재미있을지는 모르지만
패가망신의 지름길이 될 수도 있으니까.

늘 하던 일도 새롭게 하는 것!
낯설게 하기는 재미를 더하는 일일 것입니다.
16일! 날마다 새로운 경험입니다.
오늘도 함께 걸으니 좋았습니다.

걷기! 내 몸의 질서와 평화를 주는
가장 무리 없는 움직임!
우리의 뇌는
움직임과 참신한 것과 실수와 놀이를 좋아한다고 합니다.
소소한 행복은
맛있는 음식, 뜻이 맞는 대화, 함께 하는 게임,
함께 하는 운동이라고 하더니

걷기는 우리의 뇌가 좋아하는 일임을,
소소한 행복임을 실감합니다.
모두의 행복을 빕니다. ♡

2018년 8월 6일 오후 10:45

어린사람들과 함께하면 공짜 회춘? - 맨발 17일

천전 초등학교에서 맨발 자매들이 모여 만나자마자
사진을 찍고 걸었다고 꼼수 부리려다가 모두가 안 된다고
한결같이 몸이 말한다고 하며
정직하게 80분 정도 함께 걸었습니다. 정직이 최선입니다.

저는 나이를 공짜로 먹지 않았습니다.
제값 다 치르고 나이를 먹었습니다.
때론 눈물을 흘리고
때론 가슴 아파하고
때론 걱정하며
때론 상처를 홀로 끌어안고 쩔쩔매기도 하고….
그런데 맨발 걷기를 하면서 흉허물 없는 사이가 되어
발로 집적거리고 발로 인사하려 드니
나이 많이 먹은 나는 손해인 것 같습니다.
요즘은 신도 벗는 시대여서
나이 먹은 것은 인정하려 들지 않고 친한 척(?)하며
거추장스러운 건 질색인 계절에,
거추장스러운 건 질색인 시대를 사는 듯합니다.
약간은 부끄럽고 민망했던 맨발로 걷기가
여름 한 철 더위마저 잊게 하고 행복하게 해주었습니다.

가을 입구에서 뒤돌아서서 손을 흔들며
"여름아 안녕 잘 가. 내년에 봐~!"
그럴 수 있을까요?

제대로 더위를 느끼게 한 제값 다한 여름에게
격식을 갖추어서
안녕히 가십시오. 수고하셨습니다.
인사해도 헤어지기 싫어서 돌아와서 덥석 안고
며칠은 후끈후끈 더 머무를 것 같습니다.

빗방울 떨어지며 기온이 낮아지는 것을 보니
그래도 이별 채비를 하고 있나 봅니다.

하루를 마감하는 시간에 시원한 물로 발을 씻으며
고난도 고통도 불안과 근심도 씻어내며
온전한 하루를 마감합니다.
수고하셨습니다.

2018년 8월 7일 오후 10:19

맨날 - 맨발 18일

맨눈. 맨입, 맨다리. 맨땅. 맨바닥. 맨손. 맨주먹. 맨발. - 맨날.
만날은 일만 만萬에 고유어 '날'이 붙은 말입니다.
이 어원만을 고려한다면 '만날'이 맞는데,
맨날을 사용하는 사람들이 많아지면서
2011년부터 '만날'과 '맨날'은 둘 다 표준어가 되었습니다.

자주自主, 자립自立!
스스로의 주인이 되는 자주自主.
경제적인 자립과 정서적인 자립이 되어야만
진정한 자립입니다.
제 인생의 중심단어가 자주와 자립이었습니다.

신을 신었으니
나의 발걸음이 누군가에게 도움이 되게 해달라고
신 끈을 조이며 신께 간구했습니다.
살아온 지난 삶이 오늘의 나를 증명한다는 것을 압니다.
덕지덕지를 바라지 않고
가장 필요한 최소한의 것만 갖겠습니다.
무소유無所有! 나에게 비축하는 것이 아니라
무소유 정신으로 홍익弘益을 실천하겠다고….

마라톤 선수가 달리기를 할 때
가장 가볍게 입고 신 끈을 조이고
그 어떤 걸치레도 없이 집중해서
오직 결승점을 향해 달리는 그 상태의 삶을 삽니다.

준비~ 땅!

서른 살 언저리의 그 처절한 삶의 과제!
사람답게 살아야만 하는 대명제!
마흔 살과 쉰 살에서 갈등하던, 살아야만 하는 이유.
예순 언저리에서 자주! 자립!
희미하게나마 미소 지을 수 있게 되었습니다.
최소한의 가벼운 복장으로 달린 덕분에
이즈음 맨발로 걷는 걸음이 새삼스러울 수밖에 없습니다.

여름의 일부를 베어내어 쟁여두었다가
겨울에 사용하고 싶습니다. 욕심이겠죠?
운동장의 시원한 바람 한 줄기 전하고 싶습니다.
아직 여름의 기운이 강한 새 가을!
우리는 무엇을 수확할 건가요?
수확보다는 갖지 않는 맨날이면 어떨까요?
모든 거추장스러운 것을 벗는 맨발의 교훈을
다시 심어心語로 받아듭니다.

18일째.
여름의 한바탕 몸부림! 천둥 번개 치고 요란했지만
가을에게 바통을 넘기는 중인가 봅니다.
발바닥은 여전히 근질근질하고 운동장이 친숙해져서
눈 질환 쪽 부위가 조금 부었습니다.
그러나 이제 통증보다 쾌감이 더 큽니다.

깜깜한 밤!
어두울수록 빛은 제값을 합니다.
색은 더하면 검은색이 되지만,
빛은 더하면 더 밝아지므로
색기色氣보다는
빛을 발하는 것으로 결정합니다.
평화를 빕니다.

2018년 8월 8일 오후 11:00

더 좋아지는 행복 - 맨발 19일

맨발로 걷기도 요즘의 패션처럼
동서양의 구분도 국경도 존재하지 않는다. (Borderless)
걷기만 한다면
더 이상 나이의 구분도 존재하지 않는다. (Ageless)
남녀구분도 존재하지 않는다. (Genderless)
상위문화와 하위문화의 구분이 없어진,
그러나 더 좋아지는 건강과 더 올라가는 친밀도!
그리고 아름다움을 얻는 "더 -more의 시대,
더 좋아지는 행복!"을 생각합니다.

함께였기에 가능한 숫자입니다.
마무리할 때 몸을 쫙 펼치는 스트레칭이 좋습니다.
쭉-쭉 있는 대로 크기를 키웠더니
다리의 피로가 빨리 풀어집니다.
오늘도 수고하셨습니다.
밤늦게 함께 걷자고 바삐 달려온
김미경 님을 비롯한 맨발 가족들.
고맙습니다.

2018년 8월 9일 오후 11:05

사람과 사람 - 맨발 20일

'사람과 사람' 사이의 '과'
과한 기대. 과한 욕심. 과한 허세를 없애야만
사람을 만날 수 있습니다.
맨발의 '맨'은 '더 할 수 없을 정도나 경지에 있음'을
나타내는 말이므로….

가좌산 자갈길을 걷고 따끈한 커피를 나누고….
"커피는 무슨 맛이에요? 선생님!"
"첫사랑을 떠나보낸, 꺼무칩칩하고 씁쓸한 사랑의 눈물 맛!"

20일!
하나의 습관이 형성되는 시기! 족하다.
'바람은 딴 데서 오고, 구원은 예기치 않은 순간에 온다.'는
김수영 시인의 시가 떠올랐습니다.
소박한 삶을 나누며 천전 초등학교 운동장을 함께 걸었습니다.
웃음이 동그랗게 운동장을 메웠습니다.

가을비가 태풍 '야기'와 함께 촉촉하게 내린 분위기입니다.
운동장의 흙이 더 부드럽게 여겨졌습니다.
왼발이 묵직합니다. 왼발에 비해 오른발의 아치는

더 날렵해지고 선명한 것 같은데 발에 군불을 지핀 듯 후끈합니다.
대한민국 아줌마의 ^힘^
여름 한 철 잘 보내고 맨발로 또 가을을 인내할 것입니다.

쏴아~ 물방울 일병들이 우르르
튀어나와 발의 흙먼지를 퇴치하고 "어우~ 좋아! 좋아~!"

2018년 8월 10일 오후 10:44

글은 목소리다 - 맨발 21일

목소리를 낼 수 있다는 것은 권력입니다.
더 많은 말을 할 수 있다는 것은 더 큰 권력입니다.
남에게 말을 할 수 있는 권력이 으뜸이 아닙니까!

목소리 권력이 작은 사람은 말을 자꾸 줄이게 됩니다.
입안에서 우물우물하다가 어느 날 불쑥 최대한 압축한 말로 표현합니다.
짧게 압축한 표현이 잘 전달될까? 그렇지 않습니다.
애당초 목소리 권력이 작아 말을 줄여야 했기 때문에
짧은 표현은 맥락이 없고 허점이 많고 과격합니다.
약자들의 필사적인 메시지!

벗고! 걷고! 웃고!

작심삼일을 일곱 번!
맨발로 걷기가 일과의 마무리여야만 하는 습관이 되는 시간.

물리적으로 잘 볼 수 있는 눈이 있다 해서
진실을 잘 보는 것은 아닙니다.
오히려 뛰어난 시력이 진실을 보는데

장애가 되기도 합니다.
그래서 진리를 들여다보고자 할 때는
오히려 눈을 감습니다.

밤이라 주변이 깜깜하기에 진실을 나눕니다.
그래서 밤에 함께 걷는 맨발 걷기는 정겹습니다.
홀로 걸으면 홀연히 과거와 맞닥뜨리며 착해집니다.

밤에는 제법 가을 느낌이 납니다.
대기 불안정으로 희한한 꿈을 꾸거나 뭔가 불안하다면
걸어 보세요. 잡념이 없어져요.

그리고 운명에 뒤통수 한 대 맞았다고 해도
화나 원망이나 한에서 벗어나
웃을 수 있게 되는 여유가 생긴답니다.

평화를 빕니다.

2018년 8월 11일 오후 10:57

글발, 말발 - 맨발 22일

'글발 날린다.'와 '말발 세다.', 그리고 '맨발!'
빨리빨리와 안단테(andante 느리게)를 생각합니다.
안단테는 이탈리아어 andare(걷다)의 현재분사로
'걸음걸이 빠르기로'의 뜻이며 '느리게'를 나타냅니다.
하루 종일 안단테, 안단테를 흥얼거리고
남성들이 저음으로 "수퍼, 수퍼~" 하는 소리가 귓가에
맴돕니다. -super는 '상위의. 우수한. 뛰어난. 훌륭한.
멋진'의 뜻을 가지고 있습니다.

낮에 영화 <맘마미아>를 지윤이와 함께 보고 났더니
"안단테~ 안단테~."가 귓전에 맴도는 것이,
영화의 힘을 느낍니다.
누가 친아버지인지 모르는 상태에서,
세 아버지는 각각 부와 명예와 사랑을 가지고 있고
영화배우들이라서 그런지 인물까지 좋습니다.
"이런 좋은 배경의 세 아버지라면 굳이 친아버지를 찾을
필요가 있을까요?"라는 지윤이 말에 함께 웃었습니다.
그 세 아버지가 가난뱅이에 죄수이고 늙고 병들었다면?
사랑이 도망갔을까?
내가 가는 운동장까지 너무 감미롭게 안단테가 따라붙어서
새삼 인문의 힘을 느꼈습니다.

사람과 사람 사이의 무늬-인문

그런데 문자가 만들어지고 시간을 기록하면서
사람들은 여기저기에 자신이 살았음을,
자신의 흔적을 남기기 시작했습니다. -인문학!

인人
사람과 사람이 만나 생각의 뜰을 키우는 인간人間!
사이를 아는 것이 사이를 좋게 하는 것입니다.
문文
사람의 무늬. 시서예악詩書禮樂!
학문의 덕으로 가르치고 이끌어서 올바른 방향으로 나아가게
하는 일 문덕교화文德敎化입니다!
학學
배움의 기본은 사람의 착함을 바탕으로 알고 싶은 것을
질문하는 것
인성人性 + 문학問學이 인문학이라고 생각합니다.
성공하는 사람과 성과를 내는 사람은 적극적입니다.

미지의 길도 아니고 남이 닦아놓은 길을 걷는 것이
미안하기도 하지만….운동장에 감사하며… 오~ 맘마미아!
글발 날린다.
말발이 세다.
하다하다 맨발!

김정운 님과 김정빈 님, 그리고 다온, 신지 자매.
김미경 님! 아는 척해주셔서 감사합니다.
맨발의 인과 연!
맨손으로 갔는데 아이들이 목말라 해서 미안했어요.
앞으론 맨입이 안 되도록 준비할게요.

맨발 22일째!

깜짝이야. 깨뜨리는 것마다 노른자가 두 개!

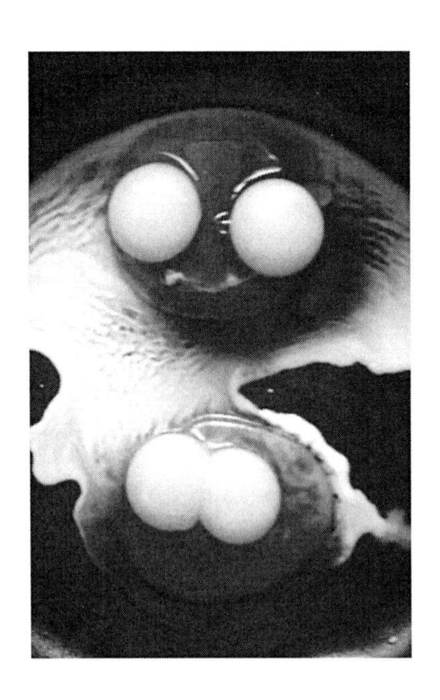

외부의 충격으로 깨져서
생명력이 없는 달걀 프라이.

자신의 힘으로 스스로 깨고 나왔으면
생명체가 되어
달걀을 생산할 수도 있었을 텐데….

어떤 게 좋은지는 알 수 없지만,
그래도 생명으로서
DNA를 남기는 것이 가장 큰 의무이고
가장 큰 족적이 아닌가 생각합니다.

헤세는 데미안에서 "알은 곧 세계다. 태어나려는 자는
하나의 세계를 깨트려야 한다."라고 했습니다.
혼곤한 잠,
그리고 술과 꿈의 세계에서 깨어나야한다고 생각합니다.

잠 깨. 술 깨. 꿈 깨.

2018년 8월 12일 오후 11:16

원장님! 이거 봐요 - 맨발 23일

세 살 신지 가족이 함께한 맨발!
천전 초등학교 운동장이 안방 같습니다.

발을 꽃잎처럼 모으고 나이 불문, 성 불문 한마음으로
모두가 친밀해지고 진심을 이야기했습니다.

맨발로 걸으며 좋아진 점은?
12일 차 김혜경 님!
"발모서리에 가렵고 수포 같은 것이 있었는데
그게 없어졌다. 걷고 싶어진다."
그리고 맨발의 중독성을 이야기했습니다.

43일 차 김미경 님!
"신장이 좋아진 것 같다.
긴장하거나 일을 하다 보면 쓸데없이 화장실을 가게 되고
힘들었는데, 소변횟수는 줄고 소변 량은 많아져서
대인관계에 도움이 되었다. 그리고 숙면을 취하니까 좋다."
23일 차인 저는,
숙면을 취하고 왼발의 아픔이 무디어지고 몸의 상태가 다
좋아졌습니다.

신 신고 만보 걷기는 숫자를 채우기 위해 억지로 했다면,
맨발 걷기는 해야만 하는,
하지 않으면 안 될 것 같다는 생각이 든다고 의견일치!

혼자 걷던 운동장에 사람들이 늘어나면서
밤의 고요가 시끌벅적한 웃음으로 채워지고
세 살 아기의 조그만 입에서 천사의 목소리로
"원장님! 이거 봐요~!"
악마들이 얼씬도 못 할,
그야말로 아이들이 뛰노는 운동장이 되었습니다.

맨발에 잡귀는 붙지 않을 듯한 예감!
아이들이 있는 곳이 천국이므로….
오늘 밤 신데렐라처럼 자기 발에 맞는 신을 찾아
저마다 주체적인 꿈을 꾸며 자기만의 세상에서 왕자王子로서
편안하시기 바랍니다.

23일째

위대함을 원한다면
그 위대함 속에 시간을 담으면 되는 것입니다.
내 꿈을 위해 시간을 지속해서 담고 있는 것이
무엇인지 생각해 봐야겠어요….

맨발 걷기에서 디자인과 아르누보를….

Design = De(초월, 이탈) + sign(눈에 보이는 신호, 표시)

눈에 보이는

사람, 햇빛, 돌 등을 초월하여

눈을 감아도

사랑을 주고 빛의 감동을 주고 돌의 물성을 주는 것.

아르누보(Art Nouveau)는

불어로 '새로운 예술'을 뜻합니다.

함께한 세 살 신지 양과 여섯 살 다온 양!

그 부모와 신데렐라의 유리 구두를 부러워하지 않을 맨발인

여러분!

평화를 빕니다.

2018년 8월 13일 오후 11:18

원장님! 밤마다 하자~요! - 맨발 24일

초승달이 별 하나를 거느리고 서녘 하늘에서 웃는다.

예쁘다.

아주 사소한 일로 기분이 상했는데
하느님의 작품을 감상하며
'넌 지금 화가 났구나.'
'나는 왜 화가 나지?'
'그래도 감사한 일이지….'
심리적인 안정감을 위한 혼잣말 "나. 지. 사."
생각하니 그 일이 사소해지며 화가 풀렸습니다.

걷기.
정서를 이완시키는 것에 큰 기여를 합니다.
내 감정을 내가 객관화하며 천천히 혼자 걸었습니다.
화가 가라앉고 평화가 이루어졌습니다.

세 살짜리 꼬마가
"원장님!"
"신지야~! 신지 왔어?"

그랬더니 어둠 속을 막 달려와서 폭 안겼습니다.
얼마나 따뜻하고 말랑말랑하고 사랑스러운지….

여섯 살 다온이는
"안아줘요~."
그래서 안아주었더니 조용한 목소리로
"엄마, 아빠가 아닌 사람이 어디 가자고 하면 가는 게
아니라고 어린이집에서 배웠어요."
라고 하더니
내 얼굴을 빤히 들여다보며
"밤마다 하자~요. 밤마다 만나자요~."
보조개 들어간 예쁜 모습으로 제안했습니다.
얼마나 고마운 일인지….

사소하게 울컥했던 감정이 조율되었습니다.
화는 자기방어 본능이라고 하는데 맨발로 걸으며 나는 뭘
방어하려고 한 건지? 피식 웃음이 났습니다.

일본의 벳부 쓰루미다케(1,375m) 등반 대회에 참석했을 때가
생각났습니다. 정확하게 해발 0m에서 시작해서 1,375m까지
등산을 하는데 골목을 지나가기도 하고, 마을을 지나가는데
우물물을 바로 마시기도 하고…. 자연을 그대로 잘 보존하고
훼손하지 않는 그들의 노력을 보고 자연 보존을 정말 잘해서
놀랐던 기억! 세 살, 네 살 어린이들도 함께 산을 오르는데

자기에게 필요한 물건은 스스로 배낭에 매고 힘이 들 때는
오르는 사람들에게 방해되지 않도록 옆으로 비켜서서 쉬다가
조용하게 산을 오르던 그 배려와 독립심에 놀랐습니다.
우리 신지와 다온이를 보며 이제 일본 교육이 부럽지가
않습니다.

'고맙고 행복하다!'
감정의 평화는 맨발 걷기로 얻어졌습니다,
김미경 님!
덕분에 걸음 수가 엄청납니다.
너무 걸었나 봐요.
발바닥이 후끈후끈합니다. 후….
맨발인들. 용기를 내서 친절해집시다.
신데렐라처럼 계모의 구박에도 굴하지 않고 친절해집시다.
유리 구두의 행운뿐만 아니라
멋진 사랑과 건강이 덤으로 올 수 있으니까요.
누구라도 힘들 때 위로받지 못하면 죽습니다.
맨발로 걷는 것이 삶의 위로가 됩니다.
평화를 빕니다.

2018년 8월 14일 오후 11:42

광복절 - 맨발 25일

아이들과 함께 탄 시소.
올라갔다 내려갔다가 인생의 지혜건만….
올라갔으면 거기 머무르거나
내려왔으면 거기 멈추거나 해야 적응이 될 텐데….
인생은 늘 적응할 만하면 새로운 국면입니다.

맨발로 걷기도 마찬가지입니다.
부드러운 흙인가 싶으면
오돌토돌 쪼뼛한 돌에 찔리기도 합니다.
그렇다고 거기서 멈추면 다음 세계의 경험을 놓치게 됩니다.
이왕 내딛는 발! 울뜨레아(Ultreya)~ 나가자~ 전진! 전진!

광복光復! 다시 빛.

그렇다면 독립기념관은?
우리는 원래 일본이 아니었습니다.
우리는 원래 우리 역사를 가지고 있었던 독립국이었습니다.
그러기에….
오랜 역사 중 36년은 결코 긴 시간이 아닙니다.
그러니 독립기념관이 아니라 광복기념관이어야 옳습니다.

시소의 원리대로
일본이 우리에게 한 것처럼
일본을 좀 다스려주고 싶은 마음이 드는 날입니다,

'다스리다'는 사전에 찾아보면 '국가나 사회, 단체, 집안의
일을 보살펴 관리하고 통제하다.'라고 나와 있지만, 그래서
'짓누르기'보다는 '다 살리다.'라는 의미가 더 많습니다.

살리는 데는 사랑이 우선이고,
사랑은 말랑말랑하고 따뜻하고 부드러워야 하거늘
일본은 칼의 문화라고 칼을 휘두르니까
그들을 다스릴 좀 더 큰 사랑을 연구해야겠습니다.
칼보다 사랑!

평화를 빕니다.

2018년 8월 15일 오후 11:33

PART 02

별나다-개인의 취향

일이 막힐 때는 무조건 걸어보세요.
걷다 보면 생각이 가지런히 정리되어서,
누군가에게 그 답을 구하지 않아도 스스로 답을 알게
됩니다.

지구는 돈다 - 맨발 26일

2018년 1월 1일.
기차를 타고 친구 이정옥선생과
정동진 새해맞이를 갔을 때,
지구는 돈다는 것을 실제로 경험했습니다.
바다를 중심으로 해가 뜰 것이라고
첫새벽 바다를 바라보고 섰는데 마을 쪽에서 해가 뜨고
신발 속으로 바닷물이 슬쩍 들어와 신을 벗고
맨발로 정동진 바다를 걸어야 했던 그 사실을
까맣게 잊고 있었습니다.
오늘 가을맞이 소나기가 지나가고
희미해진 초승달을 보기 전까지는….

박준영 약사님의 첫발!
"뭐가 좋아졌습니까?"
"일단 걸어 보시죠! 몸이 반응합니다.
그런데 중독성이 아주 강합니다."
"밤에 무섭지 않습니까?"
"에이휴~ 업고 가면
일단 기본 체력이 되는 노미(=놈)이니까 축복이죠~!"

한바탕 웃음.
홀로 걷는 동안은 명상할 수 있어서 좋고,
함께 걸으면 친해져서 좋습니다.
밤이니까 내 춤사위나 내 표정이 자세히 보이지 않을 테니까
팔을 위로하고 최대한 요염하게~. 우후훗.

밤마다 맨발의 무도회

음주가무에 능한 사람이 부러웠습니다.
말짱한 정신으로 살겠다고
누군가 담배를 내밀었을 때
금연을 강조하며 우아하게 거절하고
누군가 술을 권할 때 술 마시는 나라는 망하고
차 마시는 나라는 흥한다고 금주를 강조하며
저 혼자 세상살이를 하듯이
나만의 자로 옳고 그름을 재었던 적이 있습니다.

사람의 한살이가 한바탕 춤인데
괜한 진지함으로 몸을 조이는 속옷부터
깔 맞춤 겉옷을 입고 발을 조이는 신을 신고 사는
인위적인 것보다
신을 경배하고 자연 친화적인 삶을 사는
소박함과 기쁨을 맨발 걷기로 누립니다.

에헤라디야~! 어둠을 매개로 춤. 춤. 춤. 신난다. 맨발!

행복은 사랑으로부터 태어나
우주와 일치하는 것이기에
행복은 거룩함이며
거룩한 상태는
기쁨에 이르기 위한 자질이라는 결론입니다.

오늘 하루도 함께 맨발이었던 벗님들! 고맙습니다.

2018년 8월 16일 오후 11:36

드디어 달렸다! - 맨발 27일

이제 가을이라 불러도 좋습니다.

바람이 바뀌었습니다.
구름이 바뀌었습니다.
하늘빛이 바뀌었습니다.

밤하늘이 얼마나 아름다운지
구름 사이사이에 뜬 별이 얼마나 예쁜지
직선으로 내리쬐며 강한 햇빛도
뻗쳐오르던 매미 소리도 부드러워지는 듯합니다.
가을이라고 불러도 좋을 만큼 하늘이 상큼합니다.

오늘도~ 한 발 두 발!
한 걸음 한 걸음 울뜨레야(Ultreya)~ 나가자~ 전진!

아이들과의 약속으로 시작한 저녁에 한 차례 더 맨발 걷기.
왼쪽 발이 불편해 힘들어하다가 아이들로 인해서 달렸습니다.
애들 엄마가
"원장님! 진짜 빠르시네요!"
왼발의 불편함이 거의 없어진 것 같아서 달렸습니다.

세 살 신지도 어찌나 빠른지….
다온이도 얼마나 달렸는지….

아이들의
"원장님 보고 싶은데…."
맨발 걷기를 계속하게 하는 힘입니다.

행복은 좋아하는 일을 하는 것이 아니라
하는 일을 좋아하는 것!

그리고 2일 차 박준영 님!
밤에 함께 걸어서 행복했습니다. ^힘^

2018년 8월 17일 오전 8:29

어둠이 이불처럼 하루를 감싸는 시간 - 맨발 28일

바람이 선득하니 긴소매를 입어야겠다는 생각이
드는 날씨입니다.
최저기온이 17도.
여름 내내 에어컨을 켠 온도보다 낮은 온도입니다.

故 천상병 시인의 「귀천歸天」 중 일부를 옮깁니다.

> 나 하늘로 돌아가리라.
> 노을빛 함께 단 둘이서
> 기슭에서 놀다가 구름 손짓하면은
>
> 나 하늘로 돌아가리라.
> 아름다운 이 세상 소풍 끝내는 날
> 돌아가서 아름다웠다고 말하리라

이 세상에 소풍을 온 목적은 사람마다 다른 것 같습니다.
어떤 사람은 꽃신을 만들기 위해,
어떤 사람은 꽃신을 신기 위해
어떤 사람은 달리기 -위해,
또 어떤 사람은 사랑하기 위해,
또 어떤 사람은 행복하기 위해,
또 어떤 사람은 맨발로 걷기 위해,

또 어떤 사람은 구경꾼들에게 먹고 마실 것을 팔기 위해,
또 어떤 사람들은 구경꾼으로 이 소풍에 참석한 것 같습니다.
그래서 자신이 목적으로 정한 그 일을 하며
한 생을 살아갑니다.

목표를 타깃(target)이라고 합니다.
별(star)을 얻다(get) 라고 해석하면 억지스럽나요?
재앙 또는 엄청난 불행이라는
영어 단어 디제스터(Disaster)는
별(aster)을 부정하는(dis)것이 아닌가요?

다행히 별을 부정하는 사람보다
별처럼 반짝이는 꿈을 가진 사람들이 많습니다.
반짝이는 별을 보는 것은 기쁨입니다.
마음이 기뻐하는 대로 가면 사람은 타락하지 않습니다.
행복한 사람들만이 행복을 만들어 낼 수 있고
그들만이 사회를 밝게 합니다.
삶을 여정이라고 한다면,
우리 모두는 시간 여행자일 테지요?
시간이 다 되면 익숙한 것과 결별하게 되는….
달빛 그윽한 밤에 홀로 걸으며 생각합니다.

산다는 것은 주고받고(give & take!),
자신을 다른 사람에게 보내고,
다른 사람을 자신 속으로 받아들이는 것이겠지요.

이 밤 맨발로 걷는 시간
나에게 잠시 나만의 시간을 허락하는 것입니다.
정신을 풀어놓고 마음을 열어 놓는 맨발로 걷기

세상과 조금 거리를 두고

그들을 보고
또 나를 보는….

이 객관성 -

이 구경꾼의 마음을 유지하며
맨발로 걷는 자유를 진하게 느낍니다.

달빛의 찬조를 받으며
홀로 사뿐사뿐 걷습니다.

어둠이 이불처럼 하루를 포근하게 감싸는 시간
행복함 나누기!

2018년 8월 18일 오후 11:24

생신生辰, 별이 나다 - 맨발 29일

별에서 나다? 별이 나다?
"어느 별에서 왔니?"를 생각하다가
생신生辰을 생각하게 되었습니다.

농부農夫도 별을 노래하는 사나이
(농農 = 노래할 곡曲 + 별 진辰) + 사나이 부夫)로
읽히는 걸 보니 밤마다 운동장에서 맨발로 걸으며
별과 친해진 모양입니다. 후훗.

달이 제법 통통해지고 있습니다.

지구상에서 지금까지 제일 오랫동안,
제일 많은 사람이 부른 노래는
싸이의 '강남스타일'이 아니라
'생일 축하합니다(Happy birthday to you)'라고 합니다.
생일生日도 해가 나다?
뭔가를 해야만 하는 의무가 시작되는 날 같지 않나요?
21세기 화두는 인구 문제입니다.
저출산 문제와 고령화 문제!

계획에 없던 셋째를 임신해서
"어떻게 할까요?"
물었던 세 사람이 있었습니다.
난감했지만, 제 답은 "낳아라!"였습니다.
그 아이들이 이 세상에 빛을 보도록 한 말에 대한
책임감 때문에 힘들기도 했지만
이 세상에서 제일 착한 일은 사람 살리는 일이고
제일 나쁜 일은 사람 죽이는 일이라는 걸 생각하며….
세 명의 아이를 기억하고 자라는 것을 지켜보는 것도
큰 행복이었습니다.

우리 때만 해도 한 집의 자녀수가 예닐곱 명이었는데,
어느 순간 한 자녀 가정,
'무자식이 상팔자'라며
아예 자녀가 없는 무자녀 가정도 많아지고 있습니다.

"인류의 전신이 원숭이였다면
인류의 후신이 강아지가 되겠다."라고 했더니
대학원장님도 긍정하며 고개를 끄덕이셨습니다.

아이를 안고 다니는 사람보다
강아지를 안고 다니는 사람이 많다는 현실이 안타깝습니다.
밤마다 맨발의 인연으로 만나는 다온이와 신지와 그 부모가
얼마나 대단해 보이는지….

"왜 안 와요? 왜 늦게 와요?"

이렇게 저를 챙길 때마다 얼마나 정감이 있고 어찌나 예쁜지….

코스모스의 별이 보이죠?

시~ 작! start에서 별(star)의 기운이 느껴지죠?

^힘^

2018년 8월 19일 오후 11:44

뜨다보다 날다 - 맨발 30일

요즘 '뜨고 있다.'보다는 '날고 있다.'가 좋습니다.
'뜬다'는 것은 그 누군가 밀어 올려주고 있다는 느낌이어서
누군가가 없다면 가라앉을 것 같고
'난다'는 것은 스스로 부단히 노력해서 얻은 결과라서
자신의 실력이어서 가라앉지 않을 것 같습니다

열심히 걷는 일은 누군가 대신해 줄 수 없고
스스로 해야만 할 수 밖에 없어서
하기 싫어도 걷고 나면 기분이 좋아서
날아가는 것 같습니다.

어떻게 하면 자신감을 가질 수 있느냐고 물어서
겨드랑이를 많이 보이는 것이 자신감이라고 답했는데….
세 살 신지가 미끄럼틀에서 내려오며 두 팔을 든 모습!
바로 자신감입니다.

맨발인 여러분!
맨발로 걸으면서 두 팔을 위로 하고 흔들어 보시기 바랍니다.
자꾸만 나는 시늉을 하며 푸드덕거리다 보면
정말 날게 되는 순간이 오지 않을까요?

가을바람이 겨드랑이 사이로 날개를 돋게 할 것처럼
시원하게 느껴집니다.

알고 있죠?
공은 목표 안(goal in)으로 들어가야 합니다.
운은 꿈을 향해 움직입니다.
여러분의 꿈을 향해 활기를 띠며 강한 바람을 가질 때
운이 트입니다. 행운!

오늘 밤을 함께 하며 생명을 공유한
신지, 다온, 김정빈 님, 김정운 님, 박준영 님.
서울에서 달려온 김미경 님! 덕분입니다!

20,421보! 오~ 엄청난 걸음 수!
운명運命! 맨발로 운을 나르고 있습니다.
맨발로 걸으며 행운을 잡으시기 바랍니다.

2018년 8월 20일 오후 11:36

우린 무슨 인연일까요? - 맨발 31일

누구나 나비가 되어 날 수 있습니다.
단, 번데기에서 탈출할 수 있을 때만
나비가 되어 날 수 있습니다.
여기서 번데기란 당신이 살고 있는 사회의
정상적이고 합리적인 시스템입니다.
당신에게 요구되고 강요되는 사회규범들입니다.
밤마다 신을 벗고 만나는 우리들!
오늘은 사인방! 아무래도 허물 한 겹은 벗은 듯합니다.
규범에서… 이렇게!

발 씻고 돌아서는데 찾아온 주약 김미경 님!
도동 김혜경 님!
그리고 또 작별인사 하는데 찾아오신 대안동 박준영 님!
정촌의 맨발 가족이 빠진 가운데 도깨비처럼 달빛 아래서
맨발 여성 군단들!
팔을 위로 자~ 부드럽게 흔들흔들 흔들어 봐요.

"금 나와라~ 뚝딱!"이 아니라
맨발로 걸으면
건강 나온다~!

행복 나온다~!
웃음 나온다~!
자유롭게, 일상의 틀을 벗고 나비처럼 날개를 펼쳐 봐요.
나비는 선지자를 뜻하기도 하죠!

맨발이 되니 스스럼이 없습니다.
진실합니다.
걷기 시작한 지 한 달이 되었으니 달 턱을 내라고 하셔서
우리 맨발은 100일 주기라고,
그때 틀림없이 백설기라도 하겠노라고
달이 내려다보는 곳에서 약속했습니다.

해운대에서 제자가 맨발 인증 샷을 보내왔습니다.

맨발 바이러스에 감염된 것 같습니다.
이대로 간다면 모든 국민의 맨발화가
가까운 미래에 펼쳐질 것 같습니다.

나비처럼 자유롭게 나비처럼 가볍게
나비처럼 아름답게 꿈을 꾸세요.
맨발인 여러분! 평화를 빕니다,

2018년 8월 22일 오전 12:02

태풍 오기 전에 걸어요 - 맨발 32일

주변 환경이 스산합니다.
밤하늘 구름이 심상치 않습니다.
흙과 모래를 대동해 맨발을 때려서 따끔거릴 정도로
바람이 매섭습니다.

그리스 사람들은 삶의 3대 기준을
'이익인가? - 손해인가?',
'정당한가? - 부정한가?',
'멋있는가? - 부끄러운가?'
로 나누었습니다.

이 기준에 따르면 맨발 걷기는
건강에 좋으니 이익입니다.
강제하지 않으니 정당합니다.
스스로 하는 일이니 멋있습니다.

헤어지는 인사를 배꼽 인사로 하고 돌아서다
모여서 맨발 인증 샷
신지 만세~! 신지와 다온~ 사랑해~!
신지, 다온, 정빈 님, 정운 님, 미경 님, 준영 님!

함께여서 좋았습니다!

전설 속의 족장을 뜻한다는 19호 태풍 솔릭Soulik
바람의 세기가 심상치 않습니다.
깊은 바다에는 생명을 유지하기 위해 많은 생명체가 바라는
신선한 산소가 공급될 테죠.
그러나 많은 사람에게 강한 바람은 무섭습니다.

아이들은 그냥 자라나지 않습니다.
무서워하기도 하고 듣고 말하고 느끼며 사랑으로 자랍니다.
아동兒童의 아兒 자는 절구 구臼 자에 어진 사람 인儿 자가
결합된 상형문자입니다. 인儿 자 위에 아직 머리의 혈이
닫히지 않은 구臼 자가 있어 어린아이를 뜻합니다.
우주의 기운을 받아들이며 자라나는 형상의 글자입니다.

아동의 동童 자는 마을 리里 자와 설 립立이 결합된
회의문자로 동네里 어귀에서 서서立 노는 아이들이라는
뜻입니다. 아파트 입구에 놀이터가 마련되어 있는 것을 보면
알 수 있습니다. 그런데 요즘은 맞벌이가 많아지면서
동네 어귀에서 노는 아이들을 보기가 힘든 세상입니다.

맨발로 여섯 살짜리 아이와 운동장을 달렸더니
벼락같이 달린다고 06과 60을 비교하셔서
비교는 결국 비천하거나 교만해지는 것인데

비·교를 못 느낀 이유도 너와 나
우리 함께 맨발이었기 때문일 것입니다.
맨발인들의 평화를 빕니다~!

2018년 8월 22일 오후 10:43

빗속을 걸었습니다… - 맨발 33일

오늘도 이 어린이들이 왔답니다.
천전 초등학교 운동장에-
태풍 속의 맨발인들!
의리는 돌처럼 단단하고 생각은 바람처럼 유연한지도
모르겠습니다. 태풍 속에도 걸었습니다.

가치를 결정하는 것은
얼마나 멀리서 힘들게 그 일을 하느냐에 달렸다는데….
걸 · 었 · 다.
행복을 스스로 정의하면 길을 잃지 않습니다.
세 살 신지가 교문을 바라보며 나를 기다렸다고 하고,
박준영 님도 전화를 했습니다.
신지 가족, 늦게 나가서 미안해요.
오늘은 신지 할머니까지 오셨다고 합니다.
사랑은 일치이며 구체적인 덕德입니다.

사랑의 목적은 인격 그 자체입니다.
최종목적은 관계가 아닐까요?
친교親交는
'함께'라는 관계만을 의미하는 것이 아니라
'위하여'라는 관계입니다.
'위하여'는 이기적인 것에 자신을 가두지 않는,
인격을 향한 초월적인 열림의 구조를 가지고 있습니다.

'다름'의 상대어는 '같다'이고
'틀림'의 상대어는 '맞다'입니다.
다름은 극복해야 하는 대상이 아니라 받아들이고 존중할 때
일치에 도달할 수 있습니다.

김미경 님
"무슨 연애하는 것 같죠? 안 하면 안 될 것 같고…."
부정하지 않습니다. 맨발….
비움과 충만을 향한 영적 여정을 쉴 수는 없습니다.
우리는 살면서 많은 걱정을 합니다.
이미 지나간 일에 대한 걱정.
아직 오지 않은 일에 대한 걱정.
내 힘으로 어떻게 할 수 없는 일에 대한 걱정.
걱정이 많을 때는 걸어 보시길….
맨발로 걷는 동안 걱정이 사라집니다.
우리가 하는 걱정의 96%는 쓸데없는 것이라고 합니다.
우리가 어쩔 수 없는 걱정은 4%에 지나지 않는다고 합니다.

주체성이란 나로서 나다운 것.
내 인생의 주인으로 사는 것.
4%의 걱정은 주체성을 강하게 하는 것일 테니
고민은 10분 만 하시길….
더 많은 시간을 고민해도
나로서는 어쩔 수 없는 일이라면
시간에 맡기는 것도 방법이 될 것입니다.

평화를 빕니다.

2018년 8월 23일 오후 11:26

콜록콜록 신지 감기 들었어요 - 맨발 34일

하루가 참 길었습니다.
아침부터 구두를 신고 뛰어다녔더니 다시 왼발이 아픕니다.
매 순간이 촘촘하니 내 생명을 내 마음대로 사용할 수 없고
타율에 의해 이리 뛰고 저리 뛰고

태풍으로 휴교령이 내려도 맨발 학교는 방학도,
공휴일도 없이 계속되어야하므로 걸었습니다.
맨발로 걸으면 기초 체력이 길러진다고 하는데…
신지가 감기에 걸렸습니다.
어려서 체온조절이 잘 안 된 모양입니다.

오늘은 신지, 다온, 정빈 님, 정운 님.
신지 외할머니 맨발 1일 시작! 인증 샷!

리처드 이스털린이라는 사람이
세계 30개 지역을 설문 조사 했더니 사람들이 바라는 바는
경제적 안정과 원만한 가족관계와 원만한 사회생활,
그리고 건강이었습니다.
경제적 의존은 삶 전체의 의존으로 이어지므로
경제적 안정이 1순위인가 봅니다.

인솔했던 학생들이 수상해서 부상으로 현금을 받고
엄청나게 좋아하는 것을 보면서….
이 시대는 물질이 더 우선인 시대임을 보고 느낍니다.

옛날에도 그랬습니다.
힘이 센 단어가 먼저 오는 것이라는 측면에서 보면
부귀영화富貴榮華, 재색겸비財色兼備, 물심양면物心兩面…
부富나 재財나 물物이 먼저 쓰인 글자이므로
힘이 센 것입니다.
곳간에서 인심人心 난다고….
그래서 우리 조상들은 맨입으로 정보를 전달하지 않고
떡에 담아서 전달했습니다.
돌떡, 이사떡, 제사떡, 개업떡 등 시루떡 정보!
물질인 떡에 정보를 담아 알렸던 것이
오늘날의 샘플이 된 것이 아닌가 싶습니다.

맨발 34일째!
"원장님. 선물 주세요."
신지 감기 빨리 낫기를….
맨발 학교 공휴일은 각자의 형편과 체력에 달렸습니다.
건강하기 위해서 하는 일이니까
행복하기 위해서 하는 일이니까 마음의 평화를 빕니다.

2018년 8월 24일 오후 10:55

빗방울이 톡톡 -BMW - 맨발 35일

밤인데 비도 내리는데 백야 현상처럼 운동장이 훤합니다.
비가 오려고 해서인지, 어제 구두를 신고 뛰어서인지
종아리가 뻐근하지만 행동했습니다.
비닐우산에 빗방울이 진주처럼 동그랗게 방울방울 떨어지는
소리가 정겹습니다. 맨발에 비닐우산! 최소의 삶입니다.
이렇게도 살 수 있는데….

"차는 뭘 타고 오셨습니까?"
BMW라고 허세 아닌 허세를 부리고
"Bus(버스 타기), Metro(지하철 타기), Walk(걷기)."라고
고백하고 함께 웃었는데
오늘 맨발로 걸으며 새롭게 정의하게 됩니다.

BMW 명품 자녀를 키우려면
1. B는 Believe -자녀를 믿어라
   자기 자녀를 못 믿는 사람이 의외로 많습니다.
2. M은 Motivate -동기 부여를 하라
   부모가 자신의 일을 열심히 하는 것입니다.
   이래라저래라 하지 말고, 각자 자기 일을 열심히 하며
   모범을 보이는 것이 중요합니다.
3. W는 Wait -기다려라
   부모의 초조한 마음을 접고 자녀들이 행복해질 때까지
   기다리는 것이 중요합니다.

BMW 잘못하면 불이 나는 경우도 있지만
자녀를 믿고 내 일에 매진하고
그들의 행복을 위해 충분히 기다려준다면
마치 기적이 일어나는 것처럼 순식간에
아름답게 성장한 명품 자녀를 만나게 될 것입니다.
아이들이 없는 운동장의 적요가
나를 반성하는 시간으로 데려갑니다.

유태인은 성인식(남자 13세, 여자 12세)때 3가지 선물을
준비한다고 합니다. 성경책과 시계, 그리고 축의금.
부모님과 하객으로 받은 돈을 아이가 부모 품을 떠나는
18세까지 아이의 예금통장에 넣어둔다고 합니다.
경제적 자립을 할 수 있도록 하는 거지요.
신 앞에 부끄럽지 않은 책임감과 약속 이행,
그리고 자립할 수 있는 돈! 이것이 진정한 어른이 아닐까?
생각합니다.

이래라저래라
일해라절해라.
죽어라 일도 하고 절도 하게 되면 억울해하다가
언젠가는 감정이 폭발하게 됩니다.

달이 구름 속에 숨어버렸습니다.
느릿느릿 터벅터벅 맨발로 걷고 나면,
일상에서 빠릿빠릿과 또박또박을 느낍니다.

맨발로 걷기
나를 비워내 텅 비어버리지만,
충만한 그 시간,
그 느낌이 매 순간 다릅니다.

누가 대신해서는 안 되는 일이니까 더 매력이 있습니다.
모두 가을 맞을 준비는 되셨죠?
평화를 빕니다.

2018년 8월 25일 오후 10:59

단호박? - 맨발 36~39일

걷다 보면 문득문득 떠오릅니다.
"벽을 허무는 건 힘이 아니라 심이다. 마음이다."

발길 닿는 대로….
마음 가는 대로….

맨발 36일째. 엄청난 비. 진주 사천 호우경보!
맨발 37일째. 호우경보 속 오후에 -어싱을 아는 분!
걷기 현장인 운동장에서 함께 걷기 친구를 만났습니다.

> '나'가 모이면 우리가 되는 게 아니라 '나'를 버려야
> 우리가 된다."

맨발 38일째. 신지. 다온. 정빈 님. 정운 님. 준영 님.
다시 발을 맞추었습니다.
맨발 39일째. 비 내리다. 달 뜨다. 신지 가족 다녀가고
미경님. 준영님! 함께 했습니다.

석탄과 다이아몬드는 둘 다 탄소 덩어리로 출발하였지만
그 끝에는 엄청난 차이가 있습니다.

석탄이 섭씨 550도에서 1제곱인치당 750톤의 압력을
받게 되면 다이아몬드가 된다고 합니다.
성공도 마찬가지.
석탄이 고통을 겪고 깎이고 또 깎여
영롱한 다이아몬드가 되듯이
성공하기 위해선 고난과 역경을 견뎌내야만 합니다.

정성 위에 정성을 더해 탑을 쌓듯이
인생도 강물처럼 흘러가는 것이 아니라
하루하루를 쌓아 올리는 것입니다.
하루하루 맨발 걷기가 쌓여 건강한 몸이 될 것입니다.

눈코 뜰 새 없는 바쁨 속에서 맨발의 기록을 잠깐
멈추었더니….원성이 자자~ ㅎㅎㅎ….
"단호박(?)이냐? 칼같이 자르냐?"

예! 여름 내내 단호박 수프가 좋았습니다.
양파를 투명하게 볶다가 물을 자늑자늑하게 부어서
단호박을 잘게 썰어서 함께 넣고 익을 무렵,
우유 붓고 끓여서 믹서기에 갈면 단호박 수프.
단맛이 끝내줍니다.

모두 통조림의 과일보다는 싱싱한 과일을 좋아하듯이
맨발로 걷고 들어와서

곧바로 쓴 싱싱하고 생생하고 활기찬 글을 좋아하나 봅니다.

박준영 님은 배가 들어갔다고 합니다.
김미경 님은 볼살이 쏙 빠졌다고 합니다.
저는 지방이 빠져서 몸이 단아해졌습니다.
제일 큰 변화는 말을 많이 하니까 입안이 헐고
혓바늘이 자주 돋았는데 염증炎症이 없어진 겁니다.

염증의 염炎자는 아래위로 불火자가 두 개입니다.
곪을 때 열이 펄펄 나는 것이 상상이 되어 재미있습니다.
발바닥은 온돌방에 불을 지핀 것처럼 후끈후끈합니다.

2018년 8월 29일 오후 11:46

동서양의 인생 이해 - 맨발 40일

일기가 고르지 못해서 번쩍번쩍 번개가 치고,
비가 쏟아지기도 하고…
그러나 내가 운동장을 맨발로 걷는 동안은
하늘은 맑고 흰 구름 사이로 드문드문 별이 떴습니다.

서양 사람들은 인생을 '보면서' 이해한 모양입니다.
아는 것을 "I see."라고 하니까
우리나라 사람은 인생을 '들으면서' 이해하는 모양입니다.
자동차도 말을 안 듣는다고 하고,
컴퓨터도 말을 안 듣는다고 합니다.
말을 안 들어서 속이 터진다고 하고
선생님 말씀 잘 들어라.
부모님 말씀 잘 들어라.
이야기가 이약耳藥! 귀로 먹는 약?
우리는 듣는 것으로 인생을 이해하기에
잘 들어주는 사람을 좋아합니다.

맨발 40일째. 예수님께서 보낸 광야에서의 40일을 생각하며

빗방울도 동글동글 떨어지고

하늘의 달도 동그랗고
운동장 씨름판도 둥글고
운동장도 둥글고
맨발로 걷는 내 마음도 원만해져서 두웅글

마음은 방글방글인데….
예수님께서 보낸 광야에서의 40일이
고통으로 단련되는 것일 텐데, 그 순간 벌 받는 것 같아서….
맨발도 벌서는 것 같고 광고인 정철 님의 '벌'이 생각납니다.

"무슨 죄를 지었기에 이름이 벌인가."

누구는 아재 개그냐? 누구는 덧붙이기를
"인생을 누리지 못하고 너무 일만 한 죄!"
반응이 우스워서 혼자 웃습니다.

2018년 8월 30일 오후 10:20

진 선 미眞 善 美 - 맨발 41일

어머니의 95세 생신이라고 모든 형제들이 모였습니다.
어머니의 얼굴에 웃음꽃이 피어났습니다.
누가 보아도 보기 좋아서 영혼이 기뻐하는 세 가지는
형제간의 화목, 이웃끼리의 우정 그리고 부부간의
금슬이라고 합니다.

내 삶의 기준! 어머니!
어머니를 보며 '나는 누구인가?(Who am I?)',
'어떻게 살 것인가?(How to live?)'를 생각합니다.
식사를 하며 맨발 걷기의 효능을 이야기했더니
큰 오라버니가 봉투를 주며
"요새 야가 돈이 없어서 맨발 운운하는 모양이네.
운동화나 사 신어라."
일어서서
"감사합니다~!"
하고 넙죽 받으니 다른 형제들이 시샘의 일갈을 했습니다.
"자, 쟈는 사양을 모르네." 하며 웃었습니다.
잘 받아주는 것이 사랑입니다.

사랑 애愛 자를 보십시오.

愛(사랑 애) = 心(마음 심) + 受(받아들일 수)

마음을 받아주는 것이 사랑이라고 글자가 말합니다.

사람이 추구하는 진·선·미를 생각합니다.
진眞-진리, 참은 내면세계의 일입니다.
　　성찰이 진리에 이르게 합니다..
선善-착함은 철학입니다. 실천해야 합니다.
　　철학. 합리적 판단을 위해 도덕적 판단을 내리는 것.
미美-아름다움, 살면서 탁월함을 발휘하는 것입니다.
　　창조적 삶. 멋지게 죽는 것.
어떤 가치를 남기고 지구를 떠날 것인가?
이것이 과제입니다. '어떻게 죽을 것인가?',
'어떻게 살 것인가?'와 맞닿아 있는….

박준영 님이 제 발을 확인했습니다.
만져보기도 했습니다. 제 발이 각질도 없는,
아기 발처럼 부드러운 발이라는 것을 확인!
맨발로 걷는다고 발이 어떻게 되지 않습니다.
사고가 유연해집니다. 확실하게 스트레스가 줄어듭니다,
평화를 빕니다.

2018년 8월 31일 오후 9:34

이겼다 - 맨발 42일

싸움을 규칙화하고 정형화한 스포츠!
이 스포츠로 인해 전쟁이 사라지고 평화의 시대가 되었다고
생각합니다. 이 평화의 시대가 비만을 낳았습니다.
운동선수들의 하루하루 피나는 연습이
그들의 몸을 예술로 만든 것입니다.
"이야아~!"
아시안 게임의 함성이 운동장까지 들려왔습니다.
"일본에게 이겼다!"

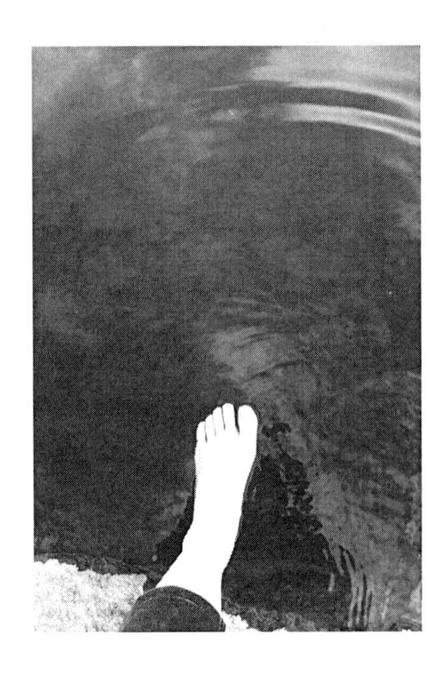

아들들과 함께 남강 둑길을 걸어서
함양 상림 숲에서 맨발인 모임에 다녀온 팀과
천전 초등학교 운동장에서 합류
김미경 님. 김혜경 님. 김정운 님. 김정빈 님. 문진혁 군.
김다온 양. 김신지 양이 함께 걸었습니다!
플래시의 화려한 불빛으로
아이들이 한바탕 춤을 추고 간 뒤,
축제 뒤의 고요함에서 가을의 현주소가 느껴집니다.

조용한 가운데 한자의 오묘한 뜻을 생각합니다.
비를 가지고 사계절을 표현하는 것이 놀랍습니다.
봄-비 우雨, 여름-이슬 로露, 가을-서리 상霜, 겨울-눈 설雪
우리글도 오묘합니다. 살면서 글자, 활자와 사이가 좋을 수
있었던 것은 행운이었습니다.

졸저 『소통과 화합의 말하기 비결』을 읽은 이화여대 출신
독자가 전화를 해서
"참 잘 만들었다…. 감사하다."고 했습니다.
제가 더 고맙습니다.

남해에 집을 지어서 전 세계 500명과 주거를 공유한다는
약사님이 우리말과 글에 관심이 많아 바쁜 시간을 쪼개어서
배달말 교육원 원장을 만나겠다고 문화예술회관에서
기다려주어 반가운 만남을 가졌습니다.

블로그나 홈페이지를 개설해서 우리 글자의 어원을 알게
해달라고 요구하셨습니다.
'책도 그냥 내가 행복할 정도로만 읽고 싶어요.
요구는 무겁습니다.~지금도 충분히... ㅎㅎㅎ!'

하버드대 학생들은
행동을 수반하고
결과로 뒷받침되지 않는 독서는 하지 않는다고 합니다.
너무 미리 하는 것도 낭비라는 거죠.
맨발 42일.
자신을 이기는 극기克己를 생각합니다.
모두~ ^힘^!

2018년 9월 2일 오전 6:33

오~늘! - 맨발 43일

비가 내립니다.
어제부터 땅에 발을 딛는 순간 땅이 차갑게 느껴지고
발이 시리다는 느낌이 들었습니다.
빠르게 부지런히 걷다가 집으로 돌아오니
발이 후끈후끈합니다.
딱딱하거나 찬 것은 죽음에 가깝습니다.
죽은 나무는 흔들리지 않습니다.
살아있는 사람은 따뜻하고 죽은 사람은 차갑습니다.
당신의 마음속 계절은 어떠신가요?
오늘. 마음의 계절은 안녕하신가요?

가을을 재촉하는 비 같습니다.
내 인생의 가을! 갬.

괴테가 『파우스트』를 완성한 나이가 82세!
미켈란젤로가 시스티나 성당의 천장에
<천지창조>라는 벽화를 그릴 당시의 나이가 89세!
아직도 대작을 남길 시간이 남아있다는 긍정적 생각으로
운동장에는 토닥토닥 비가 내리지만 내 마음은 희망으로 갬.

오늘
오~감탄사
늘~항상, 언제나

내 마음의 계절에도 감탄과 감동이 지속되는 시간이기를….

상상의 나래를 펼치는 밤!
계절을 잊고 꽃을 피워낸 춘란의 은은한 향이
9월을 장악하다니 가을의 시작이 기대가 됩니다.
'난을 보내준 녀석에게 좋은 일이 있으려나?'
너와 나 우리 모두에게 좋은 일이 일어나기를…!

촛불을 켜고 새 가을을 느껴 볼까요?
촉촉한 분위기 속에서 나를 대면하는 시간! 어떠신가요?

배가 가벼워지고 몸무게가 1kg 줄었다는
박준영 님(14~15일 차)과 함께 걸었습니다.
마음의 평화를 빕니다~!

2018년 9월 2일 오후 11:19

검정 구두를 사주세요 - 맨발 44일

그날도 오늘처럼 폭우가 쏟아지는데
초등학교 4학년인 그 아이가 우산도 없이 비를 다 맞고
볼록한 가방을 메고 구멍이 나서 발가락이 삐죽이 보이는
신을 신고 찾아왔습니다.
신이 작아서 발 모양이 비뚤어진 상태였습니다.
그때 맨발 걷기를 알았더라면… 좋았을 걸 그랬습니다.
가방에는 학교 선생님이 주신 우유가 가득 들어 있었습니다.
시장 신발 가게에 가서 분홍색 운동화를 사 신겼더니
말을 더듬는 그 아이는 울상이 되어서 안 신겠다고,
싫다고 불만을 표하며 얼굴이 빨개졌습니다.
"왜 그러니?" 하고 물었더니
"백화점에서 파는 거, 거엄정 구두를 사아주세요.
우리 엄마 아빠는 돈이 없어서 안 사줘요."

비가 오고 기다리는 사람이 있는데 우산을 씌우고
우유가 든 꽤 무거운 가방을 메고
억지로 운동화를 사서 신기고 본의 아니게
철도에 인접한 집에 가정방문을 가게 되었는데…
집 입구에는 키가 큰 접시꽃이 활짝 피어 있었고
넝쿨장미가 비를 흠씬 맞으며 빨갛게 피어 있었습니다.

집안으로 들어서니 캄캄했는데
초라한 스테인리스 밥상이 방 가운데 놓여 있는 것이
어렴풋이 보였습니다.
물에 밥을 말아서 여름 내내 풋고추와 된장만 먹었다고,
학교의 흰 우유는 맛이 없다고,
고기반찬이 먹고 싶다고 했습니다.
고기는 사주었는데 검정 구두는 못 사주었습니다.
고기를 사주고 억지 협상을 했지만,
그 생각을 하면 지금도 땀이 납니다.

아무리 생각해도 초등학생에게는
구두보다 운동화가 나을 것 같았는데….
그건 주고 싶은 내 마음이었지
받고 싶은 그 아이의 마음은 아니었습니다.

나의 고집이 강할수록 관계지수는 낮아지고
과거 경험과 환경이나 경쟁과 비교와 구분으로부터
자유로울수록 관계지수는 높아집니다.

다음 날 그 아이는
여전히 발가락이 삐죽 나온 구멍이 난 신을 신고 왔습니다.
"검정 구두를 사아주세요~! 백화점에서 파는… 가죽 구두."
맨발 걷기를 가르쳐야 했는데….

우리 몸은
자기과시를 하는 장식적 신체와
주부가 하는 밥이나 춤이나 그림 등 도구적 신체,
숭고한 신체(정서적 의미), 성사적 신체로 나눌 수 있습니다.
신을 벗고 걷는 행위를 통해 정서적인 평화를 얻습니다.
걷기 속도를 조절하며, 강약을 조절하며,
감각 조절을 함께하며, 장소를 이동하여,
아들과 함께 걸으며, 경험을 나누는 시간이었습니다.

"검정 구두를 사주세요~!"
귓전을 맴돕니다.
홀로 있는 것 같지만 몇 백 년 전 고전 속의 그 잘난
사나이들이 그들을 읽어주지 않는다고 보챕니다.
어제보다 더 활짝 핀 은은한 난의 향기가 하루를 위로합니다.
몸과 마음의 평화를 빕니다.

2018년 9월 3일 오후 11:05

개인의 취향 - 맨발 45일

가을을 먹는 법

펄펄 끓던 여름 하늘을 살짝 식혀 더 파랗게
하얀 구름 넉넉히 넣어 버무리고
코스모스로 장식해서 사랑하는 마음으로 미소하며
따뜻한 대화를 얹어 선선하게, 여유롭게, 분위기 있게
가을을 먹습니다.

운동장에서 눈을 감고 맨발로 걸었습니다.
바람이 얼굴을 만지고 머리를 만집니다.
아~ 좋아!

개인의 취향
발효된 음식을 좋아하는 편이어서
된장찌개를 잘하는 편입니다.
김치찌개를 잘하는 편입니다.
오~래된 남자를 좋아하는 편입니다.
최소 500년 이상 숙성한 묵은 남자들~!
이도님 좋아
예수님 좋아

석가님 좋아
공자님 좋아

그들이 살았던 세상에서 빛과 소금이 되어
지금도 반짝이는 삶의 모범 답안을 작성했던
그 남자들을 연구합니다.
따뜻하고 반듯하고 선선하고 여유롭습니다.
그들은 어떻게 변함없이
사람들의 정신을 지배할 수 있었을까?
맨발로 걸었던 그 힘이었단 말이죠!

평화를 빕니다. 가을을 축하합니다.
^힘^

2018년 9월 4일 오후 10:55

하루 걸음 수와 운동 효과

일본에서 10년 동안 65세 이상의 노인의 걸음 수와
운동 효과를 측정한 결과
하루에
4,000보를 걸은 사람은 우울증이 없어졌고
5,000보를 걸은 사람은 치매, 심장질환, 뇌졸중을 예방하고
7,000보를 걸은 사람은 골다공증, 암을 예방하고
8,000보를 걸은 사람은 고혈압, 당뇨를 예방하고
10,000보를 걸은 사람은 대사증후군을 예방할 수 있다고 한다.
많이 걷는 것은 필수다(1주일에 5일 이상).
모든 병은 걷지 않기 때문에 생긴다.

다리가 아프도록 걸으면 매우 고통스럽지만
그 고통은 피곤하게 만들어서 잠을 잘 자게 해주고
잠자는 동안 피를 잘 돌게 해주기 때문에
결국 몸을 건강하게 만들어줍니다.
고통 없이 얻는 것은 아무것도 없습니다.

1보는 통상 70㎝ 전후로 본다.
10보는 7미터
100보는 70미터
1,000보는 700미터
10,000보는 7킬로미터 전후이다.
5,000보를 걸어도 3.5킬로미터 전후이다.

본인에게 가능한 걸음부터 도전해 보십시오.

걷기 운동의 10가지 효과

1. 심장마비 예방
   : 심장마비가 올 확률을 37%나 낮출 수 있다.
2. 스트레스 해소
   : 스트레스가 극에 달했을 때 풀 방법이 없다면… 걸어야지.
3. 치매 예방
   : 하루에 30분 이상 걸으면 치매 발병 확률이
   40% 이상 낮아진다고 함
4. 녹내장 예방
5. 하체 근육 발달
6. 소화기관 개선
7. 뼈 건강
8. 폐 기능 향상
9. 다이어트
10. 당뇨 예방

위에서 설명한 10가지 효과는 과장된 것일 수도 있겠지만,
걷기만큼 만병통치에 가까운 처방도 없을 것 같습니다.

"아파서 못 걷는 것이 아니라 걷지 않아서 아픈 것이다."

일반적으로 그렇다는 것입니다.
사람마다 얼굴 모양이 다르듯이
신체적 기능도 조금씩 다릅니다.

걷기가 몸에 좋다는 것은 대부분의 사람에게 해당합니다.
본인에게 맞는 걷기를 스스로 경험하면서 찾아내어야 합니다.

오천 보, 만 보를 걷는다고 운동 강도가 같은 것이 아닙니다.
걷기 속도와 걷는 지형, 경사도에 따라
운동량이 완전히 달라집니다.
위의 여러 수치는 다만 참고로 하여 걷기 시간과 거리를 정하여
무리 없도록 습관화하는 것이 좋을 듯합니다.

어제 뉴스에 오늘은 소나기가 새벽부터 온다더니…
소식이 없습니다. 구름 사이로 해도 보이니
기상청이 뭔가 잘못 본 게 아닌가 의심도 듭니다.

노자老子는 인간수양人間修養을
'물이 가진 일곱 가지의 덕목水有 七德'에서
찾아야 한다고 했습니다.

1. 낮은 곳을 찾아 흐르는 謙遜(겸손)
2. 막히면 돌아갈 줄 아는 智慧(지혜)
3. 구정물도 받아주는 包容力(포용력)
4. 어떤 그릇에나 담기는 融通性(융통성)
5. 바위도 뚫는 끈기와 忍耐(인내)
6. 장엄한 폭포처럼 투신하는 勇氣(용기)
7. 유유히 흘러 바다를 이루는 大義(대의)

〈120세 건강과 인문학 밴드〉에서

물처럼 모든 것을 이롭게 하면서도 다투지 않으며
항상 낮은 곳에 임하는,
자연의 순리를 거스르지 않는 심성으로
삶을 살아가야 한다는 의미입니다.

노자가 주장하는 도의 근본 '무위자연無爲自然'은
아무것도 하지 않는다는 게 아니고
억지로 하지 않는다는 것입니다.

2018년 9월 5일 오후 10:17

구름 속의 별星 - 맨발 46일

별은 매일 태어나고 세상 어디에서나 뜨고 집니다.
별(星=日+生)이라는 글자를 매일 다시 살아나는 것처럼
만든 것은 의미가 있습니다.

진주에서 서울까지 통학을 하며 심야 버스를 탈 때에도
맑은 날 밤 깜깜한 하늘을 배경으로 반짝이며
그 존재감을 드러내며 삶을 위로해주었고,
두려움과 호기심으로 세상을 향해 갈 때에도
별은 친구였습니다.
깜깜한 밤에도 별을 보면 무섭지가 않았습니다.
별을 이야기하다 보면 잃어버린 희망을 찾아가게 됩니다.
맨발로 걷다가 마음을 나누는 별같이 반짝이는 맨발 가족.

맨발 46일째.
뭉게뭉게 구름 속의 별을 보며 솔개의 우화를 생각합니다.
새로운 삶을 살기 위해서 깊은 산 속에서
늙어서 뭉툭해진 부리를 바위에 부딪치며 깨부수고
새롭게 난 부리로 자신의 낡고 초라한 털을 뽑아내
다시 새롭게 산다는….

맨발로 거추장스러운 직위를 벗고 구태를 벗어나 솔개처럼
새로워지는 나를 만났습니다. 희미한 빛이라도 좋으니
사회의 어두운 곳을 비추고 싶은 나를 만났습니다.

김미경 님과 맨발 효과에 대한 의견을 나누었습니다.
신을 신고 만 보 걸었을 때는 피곤했는데
맨발로 걸었을 때는 덜 피곤하다.
신장이 좋아진 것 같다.
어깨도 덜 아픈 것 같다.
맨발로 걸어야 하루를 마감하는 것 같다.
아주 사소하지만 하여간 몸이 좋아진 것 같다.
숙면을 취한다.
염증이 줄어든 것 같다.

채근담에서 읽은
"깨끗한 것은 언제나 더러운 것 속에서 생겨나며,
눈부시게 빛나는 것은 언제나 어둠 속에서 생겨난다."
가 생각납니다.
흙은 결코 더럽지 않습니다. 평화를 빕니다~!

2018년 9월 5일 오후 10:49

희망을 들고 가서 - 맨발 47일

하루 종일 너무 오래도록 글자와 활자와 놀고 나니
지쳤습니다.
"가자~! 걷자~!"
"어? 지금요?"
"그래. 지금! 그럼 언제 가려고? 학교 가자~!"
"정말로 맨발로 걷는 거예요?"
"그럼."
교문입구 운동장에서 신을 벗으니
"여, 여기서요? 맨발로요?"
"그럼 신 신고 다섯 바퀴만 걷다가 가라.
나는 하루 종일 너무 힘들었어…."
"아~ 선생님 하루를 리셋(reset)하시는 거네요."
두어 바퀴 돌다가
"맨발로 걸어봐. 두통이 사라져~. 오늘 힘들었잖아.
푹 잘 수 있어."
"선생님. 수능 70일 전이예요…. 현기증이 나요"
"용기는 언젠가 할 거면 '지금!', 누군가가 할 거면 '내가!'
하는 거란다."
"성공은 모두가 불가능하다고 하는 것을 가능하게 하는 것."
희망은 최악의 상황에서 최선의 것을 꿈꾸는 것!

"인생이라는 게임에서 인생 최대의 히든카드는 희망이란다.
인생이란 무대에서 좋은 배역을 따기 위해 신이 숨긴
희망을 들고 가서 강하게 요구해보는 거야.
지금의 배역이 마음에 들지 않으면
각자 꿈꾸고 있는 희망의 카드를 신께 내밀고
지속적으로 요구하면 돼.
그런데 먼저 해야 할 일은 지금 현재 맡은 배역에
지금을 잊을 정도로 최고로 집중하는 것.
그래야 길이 보인다는 것을 잊지 말아요."

"안다는 것은 실행하는 것."
"게으름은 미루는 것"
한 차례 학생들에게 맨발 걷기를 설명해서 보내고
박준영 님과 함께 걸었습니다. 잠이 옵니다.
평화를 빕니다.

<그 이후 함께 맨발로 걸으며 불안과 초조함을 달랬던 이
학생은 원하는 대학에 무난히 합격했습니다.>

2018년 9월 6일 오후 11:21

빗장 -관계 - 맨발 49일

저녁밥을 먹을 시간에 맨발 걷기를 했습니다.

불교에서는 사람이 죽으면
다음 생을 받기까지 49일이 걸린다고 합니다.
이 기간 동안 망자가 좋은 생을 받기를 바라는 마음으로
이승에 있는 사람들이 7일에 한 번씩 7번의 재를 지낸다고
하여 이를 칠칠재라고 부릅니다. 맨발 칠칠재!
삶의 고통, 십자가의 방향을 조금 바꾸면
+ 더하기가 × 곱하기가 됩니다.
처음 시작할 때는 더하기와 곱하기의 차이가 없습니다.
그러나 시간이 지나면 그 차이는 엄청납니다.
시간의 변화를 읽고 느낍니다.
관계는 덧셈이 아니라 곱셈입니다.

빛이 나의 머리 위에서 비추면
나의 그림자는 최대로 작아집니다.
그 빛이 내 속으로 들어오면
나의 그림자는 완전히 사라집니다.
즐거움은 경험에서 오는 것이지
소유에서 오지 않습니다.

경험을 위한 소비는 행복입니다.
감사(그레디트gratitude)와 은혜(그레이스grace)는
어원이 같습니다.
또 생각think은 감사thank와
어원이 같다고 합니다.
감사하면 세상 모든 것이 은혜입니다.
생각하면 모든 것이 감사합니다.

맨발로 걷기
어떤 지압을 받는 것보다 효율적입니다.
스트레스를 받아서 머리가 아플 때 특효입니다.
내 몸과 좋은 관계 유지의 수단입니다.

시간의 변화를 읽고 느낍니다.
좋은 습관이 되는 데는 -7일을 일곱 번 49일! 칠칠재~!
^힘^

2018년 9월 7일 오후 9:21

맨발 학교 시민 강좌 - 맨발 50일

원장 박갑순 님의 강의 내용을 옮깁니다.

맨발 걷기는 쉽다.

1. 처음 시작은 흙이 있는 학교 운동장이 좋다.
2. 처음에는 20분 정도가 적당하고, 점차 하루 5분씩 늘린다.
3. 익숙해지면 하루에 40분에서 1시간 정도 걷는다.
4. 자신의 건강 상태에 맞추어 적당한 속도로 걷는다.
5. 운동장을 걷다가 한두 번 철봉에 매달리기를 하면 좋다.
6. 비 온 뒤의 운동장, 산길과 바닷가도 좋다,
7, 쌀쌀한 날씨에는 옷을 따뜻하게 입는다.
8. 걷고 난 뒤 발은 겨울에도 반드시 찬물로 씻는다.
9. 맨발 걷기 초기에는 발의 갈라짐, 물집, 요통 등
   명현반응이 나타날 수도 있다.

맨발 학교는 SNS로 운영된다.
회원이 되면 SNS로 맨발 학교에 들어오게 되고,
맨발 걷기 체험을 단체 방에 올린다.
이것을 '맨발 일기'라 하고 있다.

신입생이 입학하면 맨발 학교 규칙을 SNS로 안내해 준다.

〈맨발 학교 규칙〉

1. 맨발 걷기 후 맨발 걷기 체험 사진을 SNS에 올린다.
2. 쌀쌀한 날에는 옷을 따뜻하게 입고 발은 찬물로 씻는다.
3. 매일 하는 것이 가장 효과적이다.

맨발 걷기는 제 인생에서 정말 행운이고 감사한 일입니다.
갑자기 찾아온 건강 이상으로 병원에 의지하고 있었는데,
그 모습을 안타깝게 보던 지인이 맨발 걷기를 권유하면서
저의 뇌를 깨우는 말씀을 주셨습니다.
"평생 병원에 의지하고 살 거냐?"
대수롭지 않는 말이지만 자연 치유력과 자가 면역력이
저에게는 큰 의미로 다가왔습니다.
그날부터 맨발로 걷기 시작했습니다.
하루도 빠지지 않고 꾸준하게 걷다 보니
자연스럽게 몸의 건강도 뒤따라왔습니다.
맨발의 효과는 이루 말할 수 없을 정도로 정말 많습니다.
감기, 두통, 소화 불량 예방, 체력 및 면역력 증가 등
저는 맨발 걷기를 모든 분들이
다 경험해보셨으면 좋겠습니다.
맨발 걷기는 나도 살리고 우리도 살리고
지구도 살릴 수 있는 아주 소중한 일입니다.
모든 분들이 맨발로 건강해지고 마음이 평화로워져
지구라는 큰 의식을 가졌으면 좋겠습니다.

- 박갑순 님의 맨발 걷기 5년의 경험담입니다.

펄펄 끓던 여름이
곧바로 가을로 바통을 넘겨 기온 차가 큽니다.
감기 조심하십시오.
가을도 느닷없이 온 것 같더니
해도 뚝 떨어져서 금방 어두워지네요.
다들 성급해져서….
모두 반겨 주셔서 고맙습니다.

"기다려 본 사람은 안다.
너였다가 너일 것이었다가
모든 순간이 너라는 것을…"

황지우 시인과 느낌을 함께 합니다. 만나서 반가웠습니다.

서늘한 바람이 불기 시작하면 삶을 반추하게 되고
때론 과도한 의무와 책임감에 지친 자신을 느끼게 됩니다.
이때 미성숙했던 시절의 추억으로 돌아가서
누적된 피로를 털어내고 원상태로 돌아오는
'자아를 위해 통제 속에서
퇴행하기(regression in the service of ego)'가
정서에 많은 도움이 됩니다.
이 퇴행하기인 맨발로 걷기!
모두에게 도움이 되는 자기애입니다.

맨발 3GO 운동(신을 벗고, 맨발로 걷고, 함께 웃고)

故 서정주 시인의 시 단편斷片입니다.

거러가자. 거러가보자. 좋게 푸른 하늘 속에 내피는 익는가.
오~ 그 아름다운 날은 ……내일인가. 모렌가. 내명년인가

고독의 전율이 느껴지면서도 웅혼한 가운이 느껴지지 않습니까?

"거러 가자. 거러 가보자."
내피가 익는 그 아름다운 날까지….
외로움은 손을 안으로 거둬들이지만
고독은 손을 밖으로 내밀게 합니다.
창조주 하느님의 사랑을 확신하면
고독한 외톨이가 즐거움이 됩니다.
홀로 걷는 길 영혼이 성숙해집니다.
영혼이 영급니다.

2018년 9월 8일 오후 10:56

PART 03

연애의 기억-
사람이 사람을 찾아오는 일

행동이 우리의 삶을 좌우합니다.
내 몸의 상태가 좋을 때는
어떤 문제도 더 이상 문제로 느껴지지 않습니다.

마음먹는데 그치지 않고
좋은 생각을 행동하여 좋은 습관으로 만들며
좋은 인생을 살기 위해 노력하는 것
그것이 사람의 도리입니다.

연애의 기억 - 맨발 51일

혼자 걷다 보면 이 가을.
연애의 기억 속으로 걸어 들어가 상념에 빠지곤 합니다.

그때도 가을이었습니다.
상상만 해도 미소 지어지는 그 사람
그 사람은 대학 2학년. 저는 1학년.
우리는 축제 파트너로 만났습니다.
지금은 고종 형부가 된 연합통신 본부장이셨던 초등학교, 중학교, 대학교 선배(=심수화)를 교문에서 정면으로 만나게 되었습니다. 당시는 '선배는 하느님과 동격이다'는 시대여서 동아리 회장인 그 선배가 동아리에 여학생이 없다고 동아리에 가입하라고 해서 가입하고 보니 여학생은 저 혼자였습니다. 11월 동아리 축제를 하게 되었는데 선배는 가장 친한 친구를 제게 소개해주었습니다.
왜 그렇게 떨리던지…
그 사람은 호수 위에 뜬 초승달을 보며 달이 웃는 것 같다고 했습니다. 제 눈에는 그 사람밖에 보이지 않았습니다.
이목구비가 뚜렷한 늘씬한 스물한 살의 청년. 키 179.8㎝의 미남이었습니다. 열아홉 살 순정파 대학교 1학년과 2학년이 만나서 한 이야기는

"최근에 감명 깊게 읽은 책은?"
그 사람의 물음에 독일 뮌헨 대학교를 졸업한 전혜린의
『그리고 아무 말도 하지 않았다』를 말했습니다.
아 그랬더니
자기는 노벨문학상을 받은 하인리히 뵐의
『그리고 아무 말도 하지 않았다』라는 거예요.
이런 우연의 일치! 운명을 만들죠.

그러나 사랑은 제게도, 그에게도 완벽한 재난이었습니다.
혼자 상념에 빠져서 걷고 있는데….
"원장니임~!"
어~ 어! 웅 신0야! 지못미~(지켜주지 못해 미안해)
"똥 쌌어요~."ㅎㅎㅎㅎㅎ.

이웃 주민 두 분! 맨발 걷기 첫발을 함께 했습니다
^힘^

2018년 9월 10일 오전 9:56

바쁘다 - 맨발 52일

바람이 서늘합니다.
운동장 바닥의 기운도 서늘합니다.
목도리를 준비해 시험을 앞두고 불안한 학생을 데리고
운동장으로 갔더니….
반가운 얼굴 사무총장 김미경 님!
오늘 2일 차 걷기를 하는 이웃 주민 도혜자 님!
춥춥하다며 함께 운동장을 걷고 있었습니다.
오래도록 알았던 사람들처럼 인사하고 맨발 효과에 대해
이야기했습니다.
맨발로 걸으며 관계 맺은 사람들 관계는 성숙의 조건이며
조율입니다. 그리고 사회적 자본입니다.
모든 관계 속에서 인간의 운명은 결정됩니다.
운명은 타고나는 것이 아니라 관계를 통한 선택일 뿐입니다.
신은 인간이 혼자 행복을 누릴 수 없도록 만들었습니다.
삶의 의미는 누군가와 유대감을 느끼고 타인을 위해 봉사하며
자신 안에 있는 최고를 끌어내는 것인데도
유대감을 느끼기 전이나
최고가 되기 전에는 불안과 갈등을 느낍니다.
그래서 이거 해야지, 저거 해야지 하는 바쁜 마음으로
현재를 놓치고 계신 건 아니죠?

미래와 과거를 넘나드는 상념에서
의식의 바깥으로 뚜벅뚜벅 걸어 나오십시오.

그렇습니다.
솔직함은 겸손이고 두려움 없는 용기입니다.
자기 자신을 받아들이고 앞으로 나아가시죠.
자신을 아는 사람만이 자신을 드러낼 수 있습니다.
정직 이상의 무기가 없다는 말을 긍정합니다.
배우고 웃다 보면
내가 살아온 흔적이 나를 지켜줄 거라고 믿습니다.
과거에 대한 후회나 아쉬움, 그리고 미래의
불안에서 벗어나 오직 현재뿐임을 자각해야만
충실한 삶을 살 수 있습니다.

새벽 일찍 시작된 하루가 괜스레 바쁘고 긴 느낌이었는데
이미 내게 찾아와 있는 우연의 행복을 누리는 중입니다.
밤 11시 현재 18도 좋은 계절입니다.
일단 오늘은 푹 자고 또다시~ ^힘^!

2018년 9월 10일 오후 11:20

키 179.8㎝의 그 사나이? - 맨발 53일

짝사랑이야말로 성숙의 첩경이며 사랑 연습의 으뜸이다.

- 장영희

그 사람의 일기장을 보니 저와의 만남이 이루어지게 해달라고,
자기 사람이 되게 해달라고 기도한 내용이 있었습니다.
사랑은 아름다움의 갈망입니다.
몸의 재생산은 종족 번식을,
정신의 재생산은 명예 남기기라고 본다면,
그 사람은 나를 통해 성공했습니다.
사랑은 인간 지혜이고 인간의 신화입니다.
사랑하는 사람의 눈을 통해 나를 아는 것이 사랑이라면
그 눈을 통할 수 없는 상황이 되어 버렸으니 오늘, 지금
여기까지는 슬픈 이야기였습니다.

제가 아직 끝내지 않아서 앞으로 계속될 이야기지만
원래 사랑이야기는 대를 이어서 세세손손 이어지는
거잖아요. 종국에 가서는 슬픔이 배경이 된
아름다운 마무리(Happy ending)로 만들어야죠.

약속은 덫이나 책임, 의무가 아니라
비상할 수 있는 계기임을 저는 압니다.

조시마 장로는
“지옥이란 다름 아닌 바로 사랑할 수 있는
능력을 상실한 데서 오는 괴로움이다.”라고 했습니다.
저는 희망적입니다.
LOVE(에러브이-경상도 말로 어렵다는 뜻입니다).
믿음, 소망, 사랑 그중에 사랑이 제일이라.
그가 제게 준 선물입니다.
우리들의 맨발 이야기가 천일야화千一夜話처럼 세세손손
이어지듯, 사랑이 끝난 곳에 또 다른 사랑이 시작되었습니다.
자손을 품고 생사의 선에서 그와의 약속을 지키며
그의 명에 남기기를 실천함으로써 그와의 만남은 내 삶에
우리 가정에 축복이 된 것입니다.

아이는 성장의 기운을 가졌습니다.
일본 사람들은 사랑을 ‘애愛’로 쓰고
‘아이’라고 읽습니다.
미국 사람들은 ‘I’라고 쓰고 ‘아이’라고 읽으며,
우리말로는 ‘나’라고 해석합니다.
삶(Live)에서 아이(=나)를 둥글게 해야만
사랑(love)이 됩니다.
그와의 서약을 지키며 나는 사랑으로 크게
성장하고 있다고 생각합니다.
‘아이’를 ‘나’라고 해석하고 ‘큰 나’와 ‘작은 나’를
분별해 봅니다.

관계에서는 늘 '작은 나', 일명 겸손이 활동해야
합니다. 그래야만 고립되지 않습니다.
대문자 아이(I)는 선두여서 외롭습니다.
선두는 관계의 절반을 잃고 있습니다.
앞에 뭐가 없으니까.
꼴찌 역시 그렇습니다.
뒤가 없으니 절반이 없습니다.
관계는 가운데가 좋습니다.

그러니까 중간만 하자는 것은
모나지 않은 관계를 유지하자는 것입니다.
착하다는 것은 결국
모나지 않은 이 중간지점에 있는 것이라는 생각을 합니다.

고3 학생이 이렇게 써 놓았네요.

"사흘 밤낮을 울어도 시원찮을 판국에…

뭐이가 좋다고 웃어 샀노?"
그럼 어떡해? 하이고오~ 엄마~ 흠마흠마~ 하고 울어요?
어머니도 따라 웃으며
"니 아이모 웃을 일이 없다. 참 기가 차서…."
잘 웃는 나를 보고 어머니는 눈을 흘기며
"히딩이는 산을 넘고 새친뎅이는 골로 빠진다고 하더니…."
따라 웃으십니다.
히딩이는 아이 참. 히딩크가 아니라 잘 웃는 사람 히히
잘 웃는 사람!
새친뎅이는 새침하게 부끄럼 잘 타고 조용한 사람 새침한
사람이요.

그 키 179.8㎝의 그 사람!
생김새가 저는 둥글고 전형적 동양(oriental)인이라면
그 사람은 이목구비가 뚜렷한 서양(occidental)의 배우
같았습니다. 남편이 저를 지암志岩이라고 불렀습니다!
저는 마산 구암동에서 살다가 진주 칠암동에서 살고 있는데
돌 두 개는 치운 것 같습니다.
큰 바위가 우리에게 가르침을 줍니다.
사람들의 스치는 칭찬이나 비난에도 쉽게 동요하지 말고
우직하게 그 자리를 지키라고. 날씨가 추워진다고
쉽게 동요하지 말고 굳건하게 맨발로 걸어라고.
가을밤 이야기!
어쨌거나 저는 한국의 제법 글발 날리는 집단에서 시행한
프러포즈 대회에서 일등을 했습니다.
초등학교 1학년 학생의
"원장님, 제발 아프지 마세요~!♡♡♡" 이것으로!
몸과 마음의 평화를 빕니다.

2018년 9월 11일 오후 11:30

지금 우리가 사는 모습은 - 맨발 54일

지금의 나는 매일 반복한 행동의 결과일 테죠?
우리는 결국 시간을 쓰다가 가는 존재이며
항상 현재를 사는 존재입니다.

몸은 마음의 반응에 따라 움직입니다.
마음은 자기대로 굴러갑니다. 그래서 마음의 길이 있습니다.

마음의 속성은 두 가지입니다.
"마음은 콩밭"이라는 말이 있듯이
마음은 언제나 어딘가 가 있는 곳이 있습니다.
한 번에 한 곳에만 갑니다.
우리 마음은 어느 쪽으로 가면
그쪽으로 길이 납니다.
좋은 곳은 편안합니다. 건전하면 건강해집니다.
불건전하면 괴롭습니다. 정신건강을 잃게 됩니다.
현재 집중했을 때 이득이 많습니다.
결국은 마음먹은 대로 됩니다.

다른 시대, 다른 세상에 살았던 인도의 민족운동 지도자
마하트마 간디(Mahatma Gandhi)도 비슷한 말을 남겼습니다.

당신의 신념은 당신의 생각이 된다.
Your beliefs become your thoughts.
당신의 생각은 당신의 말이 된다.
Your thoughts become your words.
당신의 말은 당신의 행동이 된다.
Your words become your actions.
당신의 행동은 당신의 습관이 된다.
Your actions become your habits.
당신의 습관은 당신의 가치가 된다.
Your habits become your values.
당신의 가치는 당신의 운명이 된다.
Your values become your destiny.

짧게 정리하면
"당신의 행동이 습관이 되고,
습관이 당신의 가치가 되며,
가치가 당신의 운명이 된다."는 것입니다.

맨발로 걷기 54일째. 맨발 효과.
숙면을 취하는 것과 숙면으로 고민이 줄어든다는 것.
자유와 사유하는 시간을 가지고
침착해지고 스트레스를 견딜 수 있는 힘이 생깁니다.
동네 주민 몇 분이 운동장에서 맨발로 걷고 있는 나를 보고
"저분도 맨발이네~ 나도 따라 해볼까?" 하자 다른 분이
"남 따라 하다가 똥구덩이에 빠진다."고 하셔서
"절대 똥구덩이에 안 빠집니다. 해보십시오.
여기는 운동장이라서 똥구덩이도 없습니다."

그랬더니
"내일부터…."
'내일은 없는데 오늘 하시지….
내일 되면 또 내일이라고 하시겠구나!
미루는 것을 일명 게으름이라고 하는데….'

오늘 행동하지 않으면
평생 내일로 미루며 집을 짓지 못하는
'내일이면 집 지리' 새가 된답니다.
행동하지 못한 오늘이
다가올 또 행동하지 못한 오늘이 되지 않게
바로 행동합시다!

2018년 9월 12일 오후 9:46

비 내리는 산사에서 - 맨발 55일

비 내리는 고즈넉한 숲이 위로였습니다.
가르치는 인연으로 만난,
삼현 여고에서 교사직을 마친 분들과
봉명산을 오르며 물길을 잡아주고,
낙엽으로 물길이 막힌 곳을 지팡이로 뚫기도 하며,
학생들 이야기를 나누면서 걸었습니다.

나이가 들어서 좋은 점은,
내 개인적인 욕망을 빼고, 상대에게 집중해서 듣고,
길을 안내할 수 있다는 것입니다.

걷다가 시야가 탁 트인 곳의 암자를 지나치려는데
스님이 청해서 차 한 잔을 얻어 마셨습니다.
무술로 수도를 하신다는 스님도 맨발이셨습니다.
맨발 효과를 이야기했더니 다들 걸어 보겠다고 하셨습니다.

사랑이 있는 곳에는 언제나 행복이 함께 했습니다.
사랑의 척도가
그대로 행복의 기준이 되곤 했습니다.

김미경 님, 도혜자 님과 함께 운동장을 걸으며

도혜자 님.
“뚜렷하게 한 방에 낫는다고 할 수는 없지만
확실하게 좋아짐은 느끼겠다.
발을 삐끗했던 그 아픔이 줄어듦은 확실하고
일단 걷고, 씻고 나면 숙면을 취하니까
고통이 없어지고 덜해지는 것 같다.
일단 돈도 안 들고 운동장이 가까이 있으니 좋다.”

김미경 님.
“아~ 발바닥이 두꺼워짐을 느끼겠다.
발바닥 아치가 선명해지는 것 같다.
안 걸으면 하루를 끝낸 것 같지가 않다.”

맨발인 여러분!
쓰고 아픈 고통苦痛 없이 푹 주무세요,
몸과 마음의 평화를 빕니다.

2018년 9월 13일 오후 11:33

가을 비 우산 속 - 맨발 56일

운동장의 모래가 포슬포슬하니 촉감이 좋습니다.
복잡한 일상이 차분하게 정리되는 느낌입니다!

마르크스는 사람이 태어나면서
거울을 갖고 태어나지 않았기 때문에
다른 사람에게 비춰보아야 한다고 합니다.

대화가 없는 사람들은
거울을 보지 않은 것과 같아서
영혼이 단정하지 않은 것을 느낄 수 있습니다.

거울의 어원은 '거꾸로'의 고어인 '거구로'로,
'거꾸로'와 같은 어원에서 온 것을 알 수 있습니다.
이 거꾸로 보이는 묘한 거울만큼
자기애를 느끼게 하는 도구도 없을 것 같습니다.

학부모를 만나
"○○○. 집에서 공부 많이 합니까?"
그랬더니
"책보다 거울을 많이 봅니다~." ㅎㅎㅎ.

요즘은 면접이 중요하니까 어쩌면 책보다
거울을 많이 보는 것이 좋을 수도 있습니다.
몇 년 전에 들렀던 프랑스 루이 14세가 가장 심혈을
기울였다는 베르사유 궁전의 '거울의 방'이 생각납니다.

맨발로 걷기 56일째.
하루 종일 사람들에게 휘둘리다가 밤이 되어 시간 있을 때
양껏, 실컷 먹었던 식습관이 고쳐졌습니다.
적게 먹게 되고 양 조절이 되는 것을 느낄 수 있습니다.
김미경 님과 의견일치!

살아서 도망치려는 활자活字를 붙잡고 친해지려고
거울도 잘 안 보았는데 운동을 안 하고
글자하고만 친하다 보니 머리카락이 많이 빠졌습니다.
그런데 사람들이 머리가 빠진다고….
머리가 빠지면 정말 큰일입니다! 머리카락이어서 다행이죠.
머리(head)와 머리카락(hair)은 분명히 구별하셔야죠.
추석이 다가온다고 머리 깎으러 가시면 안 돼요.
절대로 머리를 잘라도 안 됩니다.
머리카락을 잘라야죠.
오늘 아침 거울을 보니 머리카락이 많이 났네요.
머리가 난 것은 아닙니다. 후훗.
피부에 탄력도 생겼습니다.
세포들이 살아서 움직이는 생기가 느껴집니다.
통짜 직선이던 몸에서 곡선이 살짝 보인다. 보여~. ㅎㅎㅎ

맨발로 걸어보십시오.

4,000년 전에도 사용했다는 우산.

주나라 시대의 도편수 노반이라는 사람이

움직이는 정자를 만들기 위해 만들었다는 그 우산은

지금도 변하지 않았다고 하죠.

그 우산을 쓰고 가을 빗속을 걸어 보십시오.

빗방울 소리가 정겹습니다.

맨발인 여러분! 주말입니다, ^힘^

2018년 9월 15일 오전 10:51

이런 저런 이야기 - 맨발 57일

밤의 장막이 드리워져 있다는 안도감에
걸으면서 쓴소리를 하기도 했습니다.
험담은 해서는 안 될 일입니다.
어두움 속에서 진정성이랍시고, 정보랍시고
험담을 하고 나니 개운하지가 않습니다.

험담은 세 사람을 헤친다고 합니다.
말하는 사람과 듣는 사람, 그리고 험담의 대상.

내 속의 부정적인 생각이
걷기를 통해 흙처럼 먼지처럼 되어서
그 누군가가 자라는 마음 밭이 되고
믿는 구석이 되고
비빌 언덕이 되고
행복의 씨앗을 품어 주는 이가 되어야 하는데….
아직 하루를 완료하기 전에
미완성된 그 과정에 만나서 그런 가 봅니다.
달도 구름하고 숨바꼭질을 하듯이
마음도 흐렸다 맑았다 숨바꼭질을 합니다.

내가 부정했던 것이 그에게로 가서 긍정이 되기를!

심리학에서는 나쁜 성격은 없다고 합니다.
바라보는 내가,
지켜보는 내가 건강하지 못하면
저 사람은 느려 터져서,
저 사람은 너무 빨라서 못쓰겠다고
부정적이 된다고 합니다.
그대로 인정하고 수용하는 마음이 덕德임을 생각하며
마음과 몸의 평화를 빕니다.

2018년 9월 17일 오전 11:03

이웃 주민과 함께 - 맨발 58일

이웃 주민 도혜자(67) 님,
8일 차에 접어드신 박정옥(68) 님과 함께 걸었습니다.
두 분은 30분 걷기가 적당하다고,
더 하니까 힘들고 피곤하다고 했습니다.
집에 지압 기계를 종류별로 사 두었지만
몇 번 사용하다가 재미가 없어서 안 하게 되었는데
맨발 걷기는 재미있다고 하시며
발바닥에 열이 펄펄 나서 얼음찜질을 한다고 했습니다.

카네기는 "인생은 행동이다."라고 했습니다.

행동이 우리의 삶을 좌우합니다.
인생을 명사(교수, 원장, 이사, 고문, 어머니…)가
아닌 동사(배우자, 가르치자, 웃자, 즐기자,
노래하자, 사랑하자, 춤추자)로 살기로 합니다.
의욕을 얻고 싶다면 행동하라.
작은 움직임이라도 해보시기 바랍니다.

달이 주홍색으로 빛납니다.
많은 사람과 진심을 주고받는 시간이 고맙습니다.

맨발 덕분입니다.

이런 낭만!

웃으며 살고 싶습니다.

웃음의 세월이 누적되면 더 큰 행복이 될 것입니다.

맨발 걷기로 건강 마일리지를 쌓으며 행복하시기 바랍니다.

^힘^

2018년 9월 17일 오후 10:30

밥으로 시작해 밥으로 끝나는 인생 - 맨발 59일

추석 준비를 하기 위해서 손수레를 끌고 중앙시장에 갔습니다.
어미 손맛이 그리울 아들들을 위해서,
명절이라고 찾아올 제자들을 위해서 재래시장에 갔습니다.

싱싱한 채소를 사며 활기찬 삶을 덤으로 사야만
음식을 사이에 두고 주고받을 이야기가 많아질 것이고,
이야기가 풍성할수록 요리의 가치가 높아진다는 것을 알기에
귀찮아도 명절 준비는 재래시장을 이용합니다.

냉장고 정리와 김치 담그기는 숙원 사업입니다.
가장 '한국적인 음식'을 꼽으라면 아무래도 밥일 것입니다.
사람들은 만나면 "밥 먹었니?"라며 안부를 살피고,
"다음에 밥 한 번 먹자."라며 인사를 나누며 헤어집니다.
"밥은 먹고 다니니?"라는 한마디가
사랑이라는 것을 모르는 사람은 없을 것입니다.
그리고 밥과 제일 잘 어울리는 반찬이
김치와 된장이라는 것도 부인할 수 없을 것입니다.

'떡은 담을 넘어도 밥은 담을 넘지 못한다'는 말이 있습니다.
밥은 온기가 다르고 양이 다르고 퍼 담는 솜씨가 다릅니다.

빵의 문화는 개인주의 문화이고
정복의 문화이며 활동의 문화입니다.
밥의 문화는 한솥밥의 문화이고
정적이고 떠돌아다닐 수 없는 문화입니다.

'찬밥'이라는 말에 '지은 지 오래되어 식은 밥'이라는 본질적 의미 외에 '중요하지 아니한 하찮은 인물이나 사물'이라는 의미가 담기는 것에서
밥의 '따뜻함'이라는 요소를 생각해보면
밥의 온도가 얼마나 큰 역할을 하는 지 알 수 있습니다.
실제로 인간의 신체는 36.5℃의 체온과 pH7.4의 산성도를 늘 유지하도록 끊임없이 조절되고 있다고 합니다.

종부이신 친정어머니는 아버지 사촌 마흔아홉 명의
그 비위를 다 맞추려고 노력하셔서인지,
천성으로 타고 나신 것인지 음식솜씨가 좋으십니다.
어머니 손맛이 내게 유전(?)된 건지,
어깨너머로 보고 자라서인지,
내가 담근 김치와 내가 만든 반찬을 가족들이 좋아하니까
자꾸만 실력이 늘어나는 것 같습니다.

우리 시어머님은 제게 사랑은 무지하게 주셨지만,
이 며느리에게 남긴 유품은
당신이 끌던 손수레와 옹기 세 개,

1미터 정도의 커다란 양초 한 자루였습니다.
돌아가시고 난 뒤 이 양초가 타는데 일주일이 걸렸습니다.
촛불이 켜져 있는 일주일 내내 심지에서 사랑 표시♡를
피워내는 것을 보았습니다. 신비한 체험이었습니다.

그런데 남기신 그 손수레에는 손잡이를 지탱하는 고정 쇠에
쇠붙이가 빠진 것을 어머님이 노끈으로 야무지게 묶어
놓으셨습니다. 풀 수가 없어 그대로 끌고 나갔는데,
이 수레가 눕지 않고 우뚝 서서 나와 같이 걸으려고 해서
애를 먹었습니다.
아무래도 저는 맨발교육에서만 능력을 발휘하나 봅니다.
몸과 마음의 평화를 빕니다~!

2018년 9월 18일 오후 11:23

옷장 정리 - 맨발 60일

여름 내내 그토록 인색하더니 계절이 바뀌자
비를 아껴둘 필요가 없는 건지
추석은 가을의 달빛이 가장 좋은 밤이라는데
빗방울이 떨어집니다.

김미경 님과 걸으며 이런저런 이야기를 나누고
몸이 줄었다는 이야기에 환호했습니다.
사실은 몸에 대해서도, 옷에 대해서도 별 생각이 없었습니다.
살이 찌면 찐 대로 옷 크기를 늘리며
기성복을 사 입는데 불편을 느끼지 못했는데,
보는 이들은 답답하니 불편했나 봅니다.
오늘 옷장 정리를 하고 옷가게에서 들었던 말
"어쩌면 몸매가 그렇게 예쁘세요?
살이 찌지도 여위지도 않고…"
앗싸! 맨발 걷기 성공!
옷을 팔기 위한 방책으로 한 말이라고 생각해도,
여자의 속성을 건드리는 기분 좋은 말입니다.
맨발 60일! 몸이 확실하게 줄었네요. 옷이 커서 허리둘레
2cm 팔 둘레도 2cm 줄여 달라고 수선집에 맡겼어요!

김미경 님도 작아진 몸에 맞춘
가을에 입을 새 옷을 장만했다고 합니다.
몸무게 줄이는데 확실한 효과를 봅니다.
요즘은 살 빼는데 거금이 든다는데,
맨발 걷기로 횡재했습니다.

2, 3년 전 유엔에서 없어질 세 가지를
요즘은 일터에 따라 옮겨야 하므로 '큰 집'
비싼 옷은 대여해 입고 굳이 집에 둘 필요가 없으므로 '장롱'
책은 전자책으로 읽게 되므로 '서재'라고 발표했습니다.
그리고
"방송국과 학교가 많이 바뀔 것이다.
일인 방송국이 생기게 되므로 지금의 연예인보다는
일반인이 특정한 기술이나 재능으로
조회 수에 따라 유명인사가 될 것이다.
학교도 지식은 컴퓨터로 검색하면 되므로
지식을 전달할 교사도 바뀌어야 할 것이다."
예견했는데 이것이 현실이 되고 있습니다.
그래서 검색보다는 사색이 더 중요합니다.

심리학에서는
주먹의 힘보다는 돈의 힘이,
돈의 힘보다는 권력의 힘이,
권력의 힘보다는 가문의 힘이,

가문의 힘보다 지혜의 힘이 크다고 합니다.
지혜는 한계가 없죠.
때와 장소, 조건을 무한대로 사용할 수 있기 때문입니다.
맨발 걷기에서 지혜가 생기는 듯합니다.
맨발로 걸으면 펄펄 끓던 마음이 가지런하게 정리가 됩니다.
맨발 걷기! 참 매력적입니다.

2018년 9월 19일 오후 11:26

오하이오 - 맨발 61일

미국 북동부의 주 이름과도 같은 OHIO.
Only Handle It Once.
일단 손에 들어온 일은 즉시 처리해야 한다는 뜻입니다.

어느새 맨발로 걷기 61일째!
언젠가 할 거면 지금!
오늘이 살아갈 날 중에서 제일 젊은 시간임을 자각하면서
생각을 미룰 수 없다고 행동한 지가 두 달이 넘었습니다.
그때 어설프게, 어색하게 시작하지 않았다면
아직도 불편해하면서 구두 속에 발을 넣고 절룩거렸을 겁니다.

〈고도를 기다리며〉 영화에서처럼
계속 구두 벗는 일을 하고 있을지도….
피곤한 발을 어쩔 줄 몰라 하며
저는 맨발로 걷기를 61일째 할 수가 없었을 겁니다.
이웃 사람들의 생각을 들을 기회도 없었겠죠.

'시작이 반'이라는 말은
첫 시작이 가장 중요하고 동시에 어렵다는 뜻일 겁니다.
따라서 결심과 실행 사이의 간격을 최대한 좁혀야만 합니다.

마음도 먹고, 나이도 먹고, 욕도 먹고, 겁도 먹고….
그러나 퍼지고 앉아 먹기만 할 수는 없습니다.
뭔가 의미 있는 일의 시~작!
그냥 걷다 보면 의미 있는 일이 떠오를지도 모릅니다. ^힘^

2018년 9월 20일 오후 10:55

달 밝은 밤 - 맨발 62일

어제도 없고 내일도 없는 하루살이라고 생각했는데
맨발記를 통해 어제가 보입니다.

오늘도 하루살이로 살았습니다.
내일이 없기에 오늘 하지 않으면 안된다고
오늘의 몫을 다 걸었습니다.

습관형성의 핵심은
'짧은 시간에 많이 하는 것이 아니라 얼마나 오랫동안
반복하고 있는가?'입니다.

이러저러한 이유로 안 하고 싶고,
추석 준비로 핑계거리를 찾고,
나 자신을 변명하려다가 운동장으로 나갔습니다.
나와의 약속을 실천했습니다.
나와의 약속을 실천했을 때 자신감이 되는 것입니다.

> 반복해서 실행한 것이 곧 우리 자신이 된다.
> 탁월함은 하나의 사건이 아니라 습관이다.
>
> -아리스토텔레스-

도혜자 님! 함께 해서 많이 걸었습니다.
맨발의 저력!

추석秋夕
달이 아름다운 밤입니다.

2018년 9월 21일 오후 10:37

오키쏭쏭 - 맨발 63일

추석 일정표를 짜다가 몇 년 전 숙소를 잘못 잡아서
1박 2일 동안 식사를 책임져야 했던 동기 모임이 생각나서
홀로 웃습니다.

점심 - 세상에서 제일 무서운 밥!?
다음 날 아침 - 오키쏭쏭!

세계를 무대로 하는 사람들의 집단으로 나라를 위해 일하다
중국 쓰촨성이나 카자흐스탄 등 외국에서 온 분들이라서
그들의 입맛에 맞는 맛있는 식사를 대접하고 싶었습니다.
고민하던 중에 아들이 군 복무 중 친구들과 집밥을 얘기하다
오키쏭쏭과 육전이 맛있었다 말했다고 했던 것이 생각나서
오키쏭쏭을 채택했습니다.
그 모임에도 노장파와 소장파가 있었는데
저는 노장파였습니다.
노장파의 한 분은 오키쏭쏭이 무엇이냐?
오키가 밥을 지으며 노래를 부르는 것이냐고
자기한테만 살짝 말해달라고 했습니다.

오키쏭쏭은 밥을 고슬고슬하게 짓고 그릇에 담은 뒤에
김치와 각종 채소(들깻잎, 상추, 부추 등)를 쏭쏭 썰어서

밥 위에 올리고 날치 알을 한 숟가락 넣고
그 위에 달걀 프라이와 김 가루를 뿌리고
참기름을 한 숟가락 넣어 비벼 먹는 밥입니다.

그 집단에서는 오키쏭쏭이 진주의 어떤 식당보다 맛있었다는
유명한 전설(?)이 있습니다.
실상사 답사를 한 뒤에 그 주변에서 점심으로
세상에서 제일 무서운 밥을 먹기로 했는데
세상에서 제일 무서운 밥이 뭐냐? 산채비빔밥!
"산채로 비벼서 무뿐다(먹어 버린다)! 고마~ 무섭지?" ㅎㅎㅎ.

노고단 가기 전 뱀사골에서 계곡에 발을 담그고
본의 아닌 맨발로 걷기!
다들 동심으로 돌아가 행복해했습니다.
걷다보면 불쑥불쑥 과거가 맨얼굴로 나타나 미소 짓습니다.

맨발인 여러분!
추석 연휴에 자신만의 독특한 메뉴 개발 어떠세요?
소소한 행복 중에 맛있는 것을 먹는 것도 포함되죠?
사람 사이에는 언제나 먹을 것이 있습니다.

송편은 달의 기운을 넣어서 빚어서 달떡. 하늘의 열매입니다.
흰쌀가루로 하얀 달을 빚습니다.
과일은 땅의 열매요, 토란은 땅속의 열매입니다.

인절미는 대인관계를 깨닫게 합니다.
너무 착하기仁만 해서는 안되고, 끊을 줄切도 아는 맛味
인절미仁切味?
아니면 서로 자기 앞으로 끌어다가引 잘라먹는切 떡米이란
인절미引切米일까?

하여간 이웃과 나누어야 떡입니다.
밥은 담장을 못 넘어도
떡은 담장을 넘어서 이웃과 접착제 역할을 합니다.
"귀신 듣는데 떡 말 못한다"는 속담처럼 산사람과 죽은
사람과 잇는 접착제 역할도 합니다.
밥과 술만으로는 접착력이 부족합니다.
명절에 이웃과 나눌 수 있고
가족과 화목할 수 있는 전통음식 송편과
추석음식으로 살찐다고 걱정하고 스트레스 받는 분들에게
웃음꽃 만발한 맨발 걷기 추천합니다.
^힘^

2018년 9월 23일 오전 10:22

사람이 사람을 찾아오는 일 - 맨발 64~65일

맨발 걷기 64일째인 추석 전날.
추석 준비로 바쁜데도 달이라는 등을 하늘에 걸어두고
운동장을 독차지한 채 오늘도 걸었습니다.
사람이 사람을 찾아오는 일. 축복이며 기적입니다.
팔을 위로 뒤로 돌리며 걷고 나니 피로가 풀립니다.
오십견 때문에 힘들었던 팔의 가동률이
거의 100% 회복된 것 같습니다.

맨발 65일째. 추석날입니다.
가족들이 피곤하다고 잠든 틈을 타서 10,853보 걸었습니다.
치자 꽃이 계절을 잊고
싱싱하게 핀 것을 보며 꽃을 생각했습니다.
피다-지다
생성과 소멸, 시간의 모든 비극이고 갈등이며 모순입니다.

**꽃을 뜻하는 한자 화花는 풀초艸 밑에 '변화하다'는 의미의
화化를 붙여 놓은 글자입니다.
원래 化는 사람이 서 있는 것과
구부리고 있는 것의 모양을 나타낸 상형자입니다.
그러니까 사람들의 자세처럼 수시로 변화한다는 뜻입니다.**

그러고 보면 꽃처럼 변화무쌍한 것도 드뭅니다.
花-꽃이라는 글자는 아무것도 없던 풀에서 부풀고, 터지고,
피고, 시들고, 지고, 열리는 동사動詞를 뜻하는 글자인데
지금까지 꽃은 동사가 아니라 형용사로 읽어왔습니다.
'예쁘다. 아름답다. 탐스럽다. 향기롭다.'와 같이
대부분의 꽃들은
영화榮華를 수식하는 형용사로서의 꽃이었습니다.

영화榮華-몸이 귀하게 되어 이름이 세상에 빛남.
영榮은 벚꽃처럼 꽃잎이 자잘하면서 무리 지어 피어있는
꽃을 나타낸 것이고,
화華는 송이가 크고 그 꽃잎이 화려한 꽃을 가리키는
글자입니다.
제가 많이 힘들 때 세실 수녀님이 보내주신 위안의 글입니다.

> 피어나야 합니다.
> 피어난다는 것은 있는 그곳에서 행복하게 살고
> 또 다른 사람을 행복하게 해주어야 한다는 것입니다.
> 피어난다는 것은 당신 주위의 모든 사람들에게
> 당신이 행복함을 말하는 것이고
> 단순한 태도와 행복한 얼굴로 그들에게 말하는 것입니다.
> "정말 저는 여기에서 행복하고 하느님이 해주신 모든 친절하심에
> 대해 감사하고 있습니다."라고.
> 피어난다는 것은… 모든 사람들에게 자신을 내어 주는 것이며
> 기꺼이 침해당하고 남들을 기쁘게 해주기 위해
> 모든 것에 기꺼이 복종하는 것이며,
> 결코 싫증이나 원망을 보이지 않는 것입니다.
> 하느님께서 심으신 그 자리에서 당신은 피어나야 합니다.

생텍쥐페리는
"훌륭한 어른이란 다른 어른들이 아는 것을 전부 알면서도
아이의 눈으로 세상을 바라보고
솔직하고도 용감하게 자신의 생각을 말하는 사람"
이라고 했습니다.

비행기처럼 무거운 기계가 어떻게 하늘을 날 수 있는지
신기해하고 구름의 모양에 감탄하며 바보 같은 말에도
웃음을 터뜨리며 바닷가에서 모래성을 쌓는 어른.
그런 어른들만이 삶이라는 진정 놀라운 것에 감탄하고
경이로움을 느낄 수 있습니다.
오늘만은 세월 속에 묻힌 호기심, 흥미, 감성을 복원해
삶에 감탄하는 어른이 되어 보기!
그래서 어울림, 조화調和를 의미하는 어른을
실천해보아야겠습니다.

젊은 친구들과 어울릴 수 있는 어른!
젊은이들의 생각을 헤아리지 못해 일어나는 간극을 줄이기
위해 인터넷에 이런 글이 떠돌았습니다.

> 대학은 어디 갈 거니? 50,000원.
> 살 좀 빼야겠다. 100,000원.
> 취직 언제 할 거니? 200,000원.
> 회사에서 연봉은 얼마 받니? 200,000원.
> 결혼은 언제 할 거니? 300,000원.
> 애기는 언제 가질 거니? 500,000원.

남자애가…. 백지수표,
여자애가…. 백지수표.

잔소리 메뉴판으로
청년들이 자기들도 모르는 이야기를 한다고
한참 웃다가 돌아갔습니다.

걷고 나니 땀도 나고 소화가 되어서 좋습니다.
젊은 친구들이 어떻게 하면 그렇게 활기찹니까? 물어서
맨발로 걷기를 자랑했습니다.
사뿐사뿐 걷고 나니 가뿐합니다.
맨발인 여~러분! 행복하시기 바랍니다.

2018년 9월 24일 오후 6:18

하나의 기억 - 맨발 67~68일

걷다 보면 기억이 새록새록 걸음을 멈추고 뒤돌아보면
순간적인 웃음과 찰나의 행복을 위해 흘린 땀, 눈물, 피가
삶의 진정성이었음을!!! '애쓴다.', '노력한다.', '수고한다.'가
가장 큰 설득력이었음을 압니다.
다른 모든 것을 포기하면서 지키려 했던 것 사랑!
언제나 행복의 크기는 사랑의 크기와 비례했습니다.
행복 보증 수표가 있을까요?
물질적 가치보다
나는 너보다 착해.
나는 너보다 행복해.
나는 너보다 봉사를 많이 해.
이 무상적 가치가 나만의 가치가 되면서
나만의 이유를 찾고 알게 됩니다.

맨발로 걸으며….
기억을 주섬주섬 챙기다 보면 저승 갈 때 가지고 갈
하나의 기억은 역시 시대와 시대를 엮고 세대와 세대를
아우르는 진정한 사랑思量입니다.
사랑 표현은 체온 더하기, 욕심 빼기, 정 나누기, 행복
곱하기입니다.

67일 차

키다리 아저씨가 생각납니다.
그림자도 말합니다. 착하게 살아야 한다고
헬렌 켈러 언니가 한 말처럼
얼굴을 밝은 쪽으로 돌리니 그림자가 보이지 않습니다.

68일 차

햇살 고운 가을 오후입니다.
사선의 빛이 모든 사물을 분위기 있게 합니다,
운동장에 가을 오후의 빛이 그득합니다.
68일 차, 2차 걷기.
김혜경 님이 전도한 1일 차 신은심 님, 사무총장 김미경 님.
덩실덩실 춤추며 인사를 나누었습니다.
김미경 님이 석사과정의 딸 김정현과 능력 있다는 분을
만났는데 그 능력을 지키기 위해 자신의 세계에만 계셔서
힘들다는 이야기를 들으며 중력의 무게를 거부하기 위한
동작 두 팔을 위로하고 덩실덩실 춤추며
청춘을 이야기하며 위로를 건넸습니다.
다 걷고 오다가 이웃의 도혜자 님과 운동장에서 인사.
아름다운 달밤입니다~!

예나 지금이나 동양이나 서양이나 변함없는
문화와 가치는 거듭 생각해도 사랑思量입니다.
생각의 가치!

맨발인 여러분의 편안한 시간을 소망합니다~! ^힘^

2018년 9월 27일 오후 10:36

저항 - 맨발 69~70일

70일 전의 저는 맨발 걷기에 많은 저항을 느꼈습니다.
그런데 70일의 시간이 저를 맨발 강단에 서게 하는군요.
시간과 사람의 힘! 대단합니다.

마음으로 응원해주신 맨발인들 다들 고맙습니다.
집중해서 강의를 듣고 반응해주고 우르르 운동장으로 나가서
걸으며 바로 행동해주셨던 분들 고맙습니다.

'시작이 반'이라는 속담은 시작할 때의 두려움, 망설임, 의심
등으로 그것을 떨치는 것이 일의 50% 성과와 맞먹는다는
말이 아닌가 생각합니다.
일을 시작할 때 저항이 생기는 것은 지극히 자연스러운
현상입니다. 물건을 옮길 때 발생하는 마찰력과도 같은
것입니다. 우리를 계속 제자리에 머무르게 하려는 힘은 늘
있기 마련입니다. 우리는 모두 불행한 나에서 행복한 나로
옮아가기를 원합니다. 하지만 이 위치에서 저 위치로
옮아가기 위해서는 마찰력, 중력을 극복해야만 합니다.

오랜만에 맨발 가족 정운 님과 신지와 다온이와 함께
운동장에서 만났습니다.. 정빈 님. 이웃 도혜자 님과 생일의
사무총장 김미경 님까지! 함께 발을 모았습니다.

탈무드에 이런 말이 나옵니다.
"지금이 아니라면 그럼 언제란 말인가.
시간은 기다려 주지 않는다.
지금이 아니라면 언제 나는 나를 준비할 것인가?"

9월을 사느라 수고하셨습니다.
새로움을 향해 도전하는 10월을 만들어 가시길
꽃길만 걸으시길~!
사실은 어제 쓰던 와중에 잠들었다가 깨었습니다.
어제가 남아 있네요.

"주말입니다~. 오후에 뵙겠습니다~."

시월의 어느 멋진 날에 기쁜 소식을 접할 수 있도록
여러분의 행운을 기원합니다~! ^힘^

2018년 9월 30일 오후 4:53

국군의 날 - 맨발 72일

어떤 좋은 전쟁도 나쁜 평화보다 못하다는 말이 있습니다.
국군의 날.
운명을 생각합니다.
그 누가 못다 살고 싸움터에서 죽고 싶겠습니까?
운명이라고 생각해야 그나마 마음이 편할 것 같습니다.

운運은 군軍이 쉬엄쉬엄 움직여가는 것辶을 의미합니다.
운은 바다의 거대한 밀물처럼 썰물처럼 느릿느릿하나
강력하고 광대하게 움직이는 어떤 기운. 개인이나 집안이나
집단이나 국가를 향하여 거대하게 밀려오는 또는 쓸려나가는
거역할 수 없는 그 어떤 흐름을 말합니다.

청춘들의 고민과 부담과 고통스런 군 입대를 생각합니다.
제 두 아들은 육군 병장으로 제대했습니다.

> "아들아. 나라를 위해 떳떳하게 죽으라.
> 네가 만약 늙은 어미보다 먼저 죽은 것을 불효라 생각한다면,
> 이 어미는 웃음거리가 될 것이다.
> ……
> 네가 나라를 위해 이에 이른즉 딴 맘먹지 말고 죽으라.
> 옳은 일을 하고 받은 형이니 비겁하게 삶을 구하지 말고,
> 대의에 죽는 것이 어미에 대한 효도이다.

……
여기에 너의 수의壽衣를 지어 보내니 이 옷을 입고 가거라."

안중근 의사의 어머니 조마리아 여사를 떠올리며
지금은 입에도 올리지 않는 애국愛國을 강조했습니다.

"옳은 일을 하고 받는 형刑이니, 비겁하게 삶을 구걸하지 말고
대의에 죽는 것이 어미에 대한 효도다."

나라를 잃은 시대에 아들을 키워야 했던 어머니의
그 결연함에 소름이 돋습니다.
큰아들이 2006년 12월에 입대했는데
"연병장의 모든 바람은 군인들의 콧구멍 속으로 다
들어온다."는 말을 듣고
그해 겨울 방에 불을 지피고 따뜻하게 자기가 힘들어서
12월 말에 백두산과 두만강 변방을 둘러보러 갔습니다.
한 발의 총은 내가 맞겠다는 비장한 각오로.

2007년 1월 1일 백두산 천문봉에서 첫해를 맞이했습니다.
영하 48도의 날씨에 천지 위를 절반쯤 걸었습니다.
눈물이 났습니다.
장군봉의 북한 병사는 작은 체구였습니다.
왜 총부리를 겨누어야 하는지 지금도 이해가 안 되지만,
우리나라의 현실입니다.
그리움과 보고픔, 그리고 반공 방첩. 애국이라는 단어가

소멸되어가고 있습니다.
이제 평화의 시대!
억지로라도 평화가 유지되기를 기원합니다.
둘째 아들이 입대했을 때는 통학 거리와 나이를 초월하는
어려운 공부를 시작했습니다. 군대에 있는 아들에게
인문학을 가르칠 수 있는 절호의 기회로 활용했습니다.
논어, 맹자, 중용, 대학 사서四書를 요약해 매일 손편지를
보냈습니다. 제대하며 챙겨온 물품에 봉투 그대로인 것도
몇 개 있었지만, 어미로서 성의를 다했다는 뿌듯함으로
남아 있습니다.

맨발로 걷기를 동기들에게 이야기했더니
"환경 보전을 전도할 거냐?
휴전선 근처에서 평화 시위를 할 거냐?
그러면 되겠다!"

맨발 72일째.
저는 그냥 생각을 비우며 걷고 있는데
나의 맨발 걷기에 미래를 제시하는 사람이 많아졌습니다.

이런저런 생각을 하며 걷다 보니 많이 걸었습니다.
맨발인 여러분! 평화를 빕니다.

2018년 10월 1일 오후 11:27

이야~ 흐으으 아파~ 느낌 - 맨발 73일

노인의 날, 그리고 개천 예술제와 유등 축제로
천전초등학교 운동장이 주차장으로 개방되는 바람에
공간이 줄어들었지만 아랑곳하지 않고 걸었습니다.

맨발 군단 6인.

김미경 님과 김혜경 님! 첫발을 내딛는 2인과 박준영 님!
우리들의 걷기 공간이 줄어들기는 했지만, 인공적인 불
밝힘도 좋아서 즐겼습니다.

예쁜 처자 맨땅 첫걸음의 느낌
"이야~ 흐으으. 아악! 아파요~! 부드러운 모래 위만 걸을래요."

맨발 걷기는 발과 땅과의 접촉입니다.
악수해보면 사람의 감정을 알 수 있듯이 맨발로 접지하면 땅
기운이 다르다는 것을 느낄 수 있습니다.
감나무 아래 일부 지역이 따뜻해서 그곳 주위를 모두 함께
걸으며 온기를 공유했습니다.

천전 초등학교 운동장의 비밀

지구 중심주변의 열기가 온기로 나온 건지…?
유전이 숨어 있는 건지…?
온천이 흐르는 것인지…?
상상을 나누며
맨발이 아니었으면 느끼지 못했을 느낌
"여기가 따뜻해요~. 여긴 차가워요~."

"느낌이 뭐예요? 느낌! 아~ 느낌! 어렵다~ 느낌!"
초등학교 3학년의 말이 생각났습니다.

발의 느낌을 최대한으로 하는 이 모임!
아~ 맨발 73일째!
공부하느라 다 빠졌던 머리카락이 나기 시작!
희한한 것은 그 새싹 같은 잔털이
검정색으로 난다는 것입니다. 이것은 나만의 현상이고
김미경 님은 흰 우유와 검정콩을 갈아 마셔도 아직
머리카락은 안 난다고…. 맨발 걷기 전도비를 달라고 손을
내밀었는데 대가代價 지불 아직은 아닌 듯…. ㅎㅎㅎ.
살이 빠져서 옷값이 더 들게 되었으므로
오히려 경비를 청구해야 할 것 같다고 했더니
의기양양 빳빳한 전도한 자부심(?)에 대해
바로 꼬리를 내렸습니다.

바지허리 크기는 1.5인치 줄고….

조만간 전도비 지불해야 할 것 같은 불안감을
진주의 축제 기간에 편승해서 우선은 즐기고 보자는 심산입니다.

내 몸의 르네상스!
맨발로 거듭나는 중입니다~! 도살이-되살이!
죽을 때까지 성장이라는 차원에서 모두
몸의 르네상스를 위해 맨·발로 걸어 보시죠!
^힘^

2018년 10월 3일 오전 10:39

매일 1%만 좋아지자 - 맨발 74일

2018. 10. 3. 저녁 8시경.
진주성에서 불꽃을 감상했습니다.
축제의 불꽃이 머리 위에서 펑펑 터지는데,
나를 위한 축포 같은 황홀한 느낌이 들었습니다.
그 아름다운 불꽃은 멀리서 보아야 하는 것인데
불꽃은 머리 위에서 요란하게 화려함을 표현한 뒤
초라한 잔여물이 되어 떨어져서 털어내야 했습니다.

맨발로 걷기 전 저의 일상을 말씀드리면…
건강을 유지하기 위해서는 영양, 운동, 휴식이 필수라고
합니다만, 저는 이 세 가지를 최근 2~3년 전까지 외면하고
살아야 했던 상황이었습니다. 능력이 뛰어나다는 평가를
받으려고 끼니를 챙기지도 못했고 먹는 시간을 줄일 수 있는
빵이나 라면 등 탄수화물 위주의 식사였는데, 일단 제때에
먹기로 했습니다. 국물이나 찬물에 밥을 후루룩 말아서 빨리
먹던 습관을 고쳤습니다. 멸치나 달걀 등 단백질이 함유된
식품을 챙겨 먹으며, 기초식품 5군의 균형을 맞추려고 하며
식사를 천천히 했습니다. 운동도 절대량이 부족했습니다.
하루 1,000보도 걷지 않고 글자와 씨름을 했던 습관을
폰에 앱을 깔고 신 신고 10,000보를 채우기 위해 노력한 지

900일 만에 신을 벗고 맨발로 걷기 시작했습니다.
맨발로 74일째. 몸무게 5kg을 감량했습니다.
특히 뱃살이 줄고 식욕조절이 잘 됩니다!
몸이 알아서 휴식을 합니다. 숙면… 그리고 졸기!
어제보다 1%씩만 좋아지면, 70일이 되었을 때
건강이 딱 2배 향상된다고 합니다.
맨발로 걷다 보니 기절하듯 숙면을 취하는 바람에 계획하던
일이나 진행하던 일을 계획대로 못한 것은 사실입니다만,
하아… 예전과 달리 스트레스를 받지 않는 나를 발견할 수
있습니다. 지금 몸의 르네상스 시대를 맞이했음을
고백합니다. 저를 보는 사람들이 활기가 느껴진다고 합니다.
정신력이라고 하지만 우리의 체력이 결국 정신력을
패대기치기도 하거든요. 이제 하던 일을 조금 더 긴 시간 할
수 있을 것 같은 자신감이 생깁니다.
활자 중독으로 살았는데 "10년 공부 도로 아미타불."이라는
말이 현실이 될까 봐 불안했는데 몸의 총체적 난국을 맨발로
저벅저벅 지나가고 있음을 여러분께 보고합니다.
태풍 콩레이가 상륙했습니다! 맨발인 여러분! 응원합니다.
^힘^

"이 모든 것이 곧 지나가리라~!"

2018년 10월 5일 오전 8:22

PART 04

생체 시계, 맨발

맨발로 걷다 보면 몸 구석구석의 세포들이 깨어나
신선한 에너지로 의식은 명료해지고 사고는
단순해집니다.
기분이 좋아지고 몸도 가벼워지고 에너지가 차올라
잡념이 없어져서
삶에서 부딪히는 문제에 맞설 수 있습니다.

태풍 전 - 맨발 75일

잿빛 하늘이 심상치 않아 보입니다.
음산하다. 스산하다. 으스스하다, 을씨년스럽다.
이런 단어가 어울리는 날씨입니다.

'을씨년스럽다'의 어원을 보면, 을씨년이 1905년 을사조약에
의해 우리나라가 일본의 속국으로 전락한 매우 치욕적이고
참으로 비통하며 허탈한 을사년乙巳年에서 변형된 것이라는
설이 널리 퍼져 있습니다.
1905년 을사오적을 내세워 강제로 조선의 외교권을 빼앗고
통감 정치를 한 원년입니다.

걸었습니다.
지도자를 잘 만나는 것은 국민의 복입니다.
지도자, 리더의 어원을 보면
리더는 전장戰場에서 죽음을 무릅쓰고 선봉에 나가 싸우는 사람,
먼지를 먼저 뒤집어쓰는 사람이라는 뜻이 있습니다.
그래서 중세 유럽에선 리더를 '외로움', '인내' 같은 단어와
동의어로 여겼다고 합니다. 다른 의견은 단순히 일행보다
앞장서서 길을 걷는 사람이 아니라 함께 여행하는 사람을 위해
장애물을 허물고 길을 개척하는 지도자,

즉 '여행을 이끄는 사람'이 진정한 리더라는 것입니다.
우리나라를 일본으로 끌고 간 을사오적의 후손은
대대로 치욕적일 것입니다.

지도자는 강한 사람입니다,
강하다는 것은 스스로를 이기는 것입니다.
지도자가 사적인 욕심이 없어야
스스로를 이긴 것이 됩니다.

강을 보며 걸으니까 라이벌이 생각납니다.
라이벌rival이라는 단어는 강river에서 나왔다고 합니다.
같은 강물을 사용해야 하는 이웃이라는 뜻이지요.
같은 강물을 사용하기에 갈등이 있을 수밖에 없습니다.
좋은 라이벌은 서로를 성숙하게 합니다.

태풍 피해 없기를 기도합니다.

2018년 10월 5일 오후 9:54

고향, 어머니 - 맨발 76~77일

95세의 어머니와 함께 있는 동안 집중하고 가을을 느끼느라
맨발 후기가 늦습니다.

고향에서도 맨발 걷기는 계속했습니다.

바람이 지나간 자리, 벼가 쓰러졌습니다.
농부들의 가슴도 쓰러지게
희한한 것은 늦게 심은 벼만 쓰러졌다는 것입니다.
제때에 심어야 하는데 때를 놓쳐서 쓰러진 것입니다.

바로 서기 위해서는 익어야 한다는 것을 느낍니다.
익는 것과 읽는 것
익히는 것!
설익은 것과 익은 것을 생각합니다.

습관이 되도록 하루하루를 반복해서
해를 거듭하는 것이 익히는 것입니다.
배우고 익히는 것.
익히는 것은 반복해서 내 것이 되고
철(=계절)이 배도록 하는 것입니다.

여기저기 열매들이 익었음을 몸으로 나타냅니다.
장석주 시인의 「대추 한 알」 중 일부를 남깁니다.

> 저게 저절로 붉어질 리는 없다
> 저 안에 태풍 몇 개
> 저 안에 천둥 몇 개
> 저 안에 벼락 몇 개

우리의 맨발이 익을 무렵에는 태풍에도 제대로 서고
천둥에도 놀라지 않고 벼락에도 끄떡없이 걸을 수 있겠지요.

가을을 거두어 인정을 나누었습니다. 계속 나눌 것입니다.
도토리를 두 말 정도 주워서 도토리묵이나 떡을 해야겠습니다.

아버지 산소 주변에서
"심봤다~!"

작은 오라버니가
"나 혼자 올 때는 안 보이더만 니 모가치(몫)인 갑다.
아무 소리 말고 무놔라~!"
고향에서 산삼도 먹고 형제애도 느끼고
어머니가 계셔서 더 좋은 고향에서도 맨발로 걸었습니다.

'좋다'는 굿(Good)과 우리나라 신내림의 굿을 생각합니다.
굿(Good) 안에는 신(god)이 포함되어 있습니다.
굿을 하고 나면 좋아진다는 것인지?
좋게 살면 신이 난다는 것인지…? 오 마이 갓(Oh my god)!
갓은 예전에 어른이 된 남자가 머리에 쓰던 의관의 하나인데
그것이 신?
우리는 머리의 갓에서 발의 신까지
보호를 받고 살고 있습니다.

그래서 하느님은 사랑이시고
하느님의 대역이라는 어머니도 사랑 그 자체이신가! ㅎㅎㅎ.

맨발로 하루를 익히시기를….
^힘^

2018년 10월 9일 오전 7:56

나의 묘비명 남기기 - 맨발 78~79일

맨발로 걷다 보면 저절로 생각이 펼쳐집니다.
생각의 향연! 생각이 맑아집니다.
대부분의 사람은
과거의 후회와 아쉬움, 미래에 대한 불안과 두려움에 묶여서
가장 지혜로운 시간인 현재를 놓칩니다.

나는 늘 하루살이지만 그 하루를 기록하다 보면
과거나 미래의 기억에 사로잡히지 않게 되고
머리의 용량을 늘릴 수 있어서 스트레스가
줄어드는 것을 경험합니다.
스트레스는 그 일에 대해 최선을 다하지 못했을
생기는 부산물이기 때문입니다.

현대인의 삶은 편리하다고 하지만 편리를 제공한 관계에서
자유롭지가 않아서 자신의 뜻대로 마음대로 하기가
어려운 상황으로 사는 구조이기에 그런 것 같습니다.

벌은 자기를 지키기 위해 침을 갖고 있겠지만
그것을 사용하면 죽게 되는 관계를 생각합니다.
최대의 장점이 최대의 단점이 되는….

"머리 위에는 별이 반짝이는 하늘. 내 마음에는 도덕률."
임마누엘 칸트의 묘비명이 생각납니다.
철강 왕 카네기의 묘비명에는
"훌륭한 사람의 도움을 받아서 성공한 사람 여기에 묻혔다."
카네기는 대인관계를 강조했습니다.
성공한 카네기 공대 졸업생들의 성공은 전문적 지식이나
기술이 15% , 대인관계가 85%를 차지한다고 하는 것도
의미가 있습니다.

나의 묘비명은
늘 하루살이로 그 하루에 최선을 다하며 살던 사람,
여기 잠들다

친절親切했던 사람, 여기 잠들다

바른말 고운 글을 위해 평생을 공부했던 사람, 여기 잠들다.
이 세상을 맨발로 걷다 아름다움을 느끼고 감사하던 사람,
여기 잠들다.

사랑을 지키기 위해 애쓰던 사람, 여기 잠들다.
모든 것에 고마움을 느끼며 행복해하던 사람, 여기 잠들다.
세상의 스승이 되고 싶어 하던 사람, 여기 잠들다.
글발, 말발, 맨발로 살다간 사람. 여기 잠들다.

진정한 어머니로, 아내로 살기 위해 애쓰던 사람.
여기 잠들다.

"내 그럴 줄 알았다. 우물쭈물하다가…."
이처럼 멋진 나의 마지막 남길 수식어를 찾는 중입니다.

몇몇 씨족의
묘갈명을 쓰고 난 뒤에 나의 묘비명을 생각했지만
삶을 함축하지 못해 고민 중입니다.

밥을 먹고 밥그릇을 씻어 엎으면
영락없이 묘지를 닮았습니다.
지구인으로 살다 동시대에 호흡했던
모든 이들에게 감사하며….

걷는다.
발로 걷지만 발이 가야 거둔다는 생각으로 삶의 가을,
수확을 생각합니다. 오늘도~ ^힘^!

2018년 10월 10일 오전 9:24

생체 시계 - 맨발 80~81일

나의 생체 시계는 비교적 정확한 편이었는데
맨발로 걷고 나서 이 시계가 더 정확해지는 것을 느낍니다.
어떤 이는 배고플 때 배꼽시계만 정확하다고 합니다.
이 땅에 몇 십 년 살았으니 그럴 법하다고 하지만,
타성과 기계가 주는 편리함에 길들여져서 생체 시계는
뒷전으로 하고 자신의 몸을 퇴행하게 했던 것 같은데
고위직에 있는 한 친구는 나더러 자리에 연연하지 않으니
"영이 맑아서…."라고 하고
학회장님은
"시비하지 않고 나의 일만 해서 다른 사람에 비해 안테나가
높다."라고도 하셨습니다.
맨발로 걷기 전의 평가입니다만. 맨발 덕분에 더~ 입니다.

맨발로 걷고 보니 맨발인의 옷차림새, 따뜻하게
하셔야겠습니다. 요즘의 밤은 겨울과 같은 기온입니다.
걷고 웃으며 내장 운동까지 하루를 완벽하게 움직였습니다.
그리고 자정이 넘도록 청년의 눈물 닦아주기를 했습니다.

17세기까지는 웃으면 경박하다고 웃지 말라고 하고,
웃는다는 이유로 살해당하기도 했다는데,

요즘은 웃음 치료로 돈을 법니다.
다시 울음의 시대인지 일본과 중국에서는 울음방 대여료가
짭짤하다고 합니다.

사람살이가 완전할 수 없기에
좋은 것이 끝까지 좋을 수가 없습니다.
역사는 과거와의 대화라고도 하지만,
역사는 반복될 수밖에 없는 구조입니다.
윤회를 벗어나는 해탈은
순간순간 기뻐하고 즐거워하는 것입니다.

웃어도, 울어도 눈물이 나고 땀이 납니다.
많이 웃고 많이 울었던 것이 기억에 남는 것은
그 액체 속에 소금기가 있어서
썩지 않고 오래가는 것이 아닐까 생각합니다.
오늘도 웃음과 울음이 생생한 땀과 눈물,
그리고 피를 흘리며 어리석지 않고
느낌 있는 멋진 하루를 응원합니다.
^힘^

2018년 10월 12일 오전 7:43

관찰과 관점 – 맨발 82일

관찰은 내 눈 하나만 사용하지만
관점은 남의 눈으로 관찰하는 것이기에
여러 명의 눈으로 다채롭게 볼 수 있습니다.

학생들을 관찰하다가 관점을 바꾸려고
"열정이란, 내가 하고 싶은 일에
'가난한'을 붙여도 하고 싶다는 생각이 드는 것.
그것이 바로 '열정'이다."라고 했더니 결정을 주춤거렸습니다.
가난한 작가. 가난한 화가. 가난한 발명가. 가난한 선생님.
요즘은 '가난한'을 붙이면 도망가는 사람이 많습니다.

그러나 **썩지 않는 사람이 되려면**
소금기 있는 땀과 눈물을 흘려야 합니다.
가난이 있는 곳에는
썩지 않는 땀과 눈물이 있기 마련입니다.

가난한 예수님. 가난한 공자님.
가난한 사람이 오래 기억되는 것은
그가 흘린 땀과 눈물 속의 소금기 때문이 아닐까요?

축제도 막바지인지 학교 운동장 주차장이 휑합니다.

빛이 뒤에서 비치며 커다란 그림자가 생겼습니다.
뒤가 밝을수록 그림자가 커지는 것을 보며
배경이 어두울수록 내가 빛난다는 것을 알 수 있습니다.
부자인 부모를 두고 자녀들이 우울증을 앓는 것도
이와 비슷한 이치가 아닐까요?
부모님의 후광이 자녀를 어둡게 하는….
자기 인정 욕구를 제대로 얻지 못해서 생기는...

'나 가난하다 어쩔래?'
'나 공부 못한다 어쩔래?'
가끔은 근거 없는 배짱, 자신감이 필요합니다.
긍정적인 믿음은 걱정을 사라지게 하거든요.

세상에 비밀이 없음을 다시 한 번 느꼈습니다.
혼자 걷는 줄 알았는데
"열심히 하시네요~!"
윤 부회장님이 감기 든 목소리로 알은 체를 했습니다.
맨발로 걷기를 하면 감기는 사라질 텐데 바쁘다고 하시며….

모두 감기조심하시기 바랍니다~.

2018년 10월 12일 오후 9:50

삶의 방향을 바꾸려 할 때 떠오르는 사람

– 맨발 84일

친구가 의논할 게 있다며 찻집에서 만나자고 했습니다.
중요한 일을 결정하면서 나의 의견이 필요하다고….
무조건 걷자고 했습니다.

결정을 할 때
할까 말까 할 때는 한다.
살까 말까 할 때는 만다.
갈까 말까 할 때는 간다.
먹을까 말까 할 때는 만다.
그리고 이 결정으로 10년 뒤에 후회될까 아닐까를 생각하며
결정하니까 그나마 큰 과오 없이 살 수 있었습니다.

감사합니다.

명분이 있을 때 그만둘 수 있는 것도
축복이라는 결론을 내리고
꼭 껴안아 주고 토닥이며 헤어졌습니다.

오늘도 몇 사람이 나의 의견을 물었습니다.
듣습니다.
결국 결정은 본인이 해야 하니까.
지시가 아니라
이 길로 가면 이런 일이 있을 거고
저 길로 가면 저런 일이 있을 테니까
이 길, 저 길, 그 길을 함께 예상해보는 것이 대화입니다.
지시보다는 제시하는 것이죠.

스승 사師자를 살펴보면 장수帥가 전쟁 중에
물로 싸울 것인가
불로 싸울 것인가를
물어볼 수 있는 단 한 사람입니다.
그리고 전쟁을 막을 수 있는
단 한 사람이기도 합니다.

무엇보다 스승은
스스로를 이겨낸 사람이라고 생각합니다.

축제 마지막 날 마무리 지어야 할 이야기들!
계획하던 일에 박차를 가해야만
2018년에 마무리할 수 있을 것입니다. ^힘^

2018년 10월 14일 오후 10:38

잔치가 끝나고 - 맨발 85일

학교 운동장이 텅 비어서 혼자 걸으며 생각 정리를 하려고 했는데 이웃 주민을 만나 이야기를 나누다 보니 12,000보 넘게 걸었습니다. 함께여서 긴 시간을 걸을 수 있었습니다.
역시 빨리 가려면 혼자 가고
멀리 가려면 함께 가는 것이 좋습니다.

양약洋藥의 부작용을 이야기하다가 양약은 신약? 구약?
그보다 절약!
약도 남용하지 말고
절약해야 건강하다고 했더니 한바탕 웃음.

73세 동기 병원장의 말을 옮기면
"자기 몸의 소리에 귀 기울여라.
병은 하루아침에 만들어지는 것이 아니다.
긴 시간 좋지 않은 습관이 만든다.
긴 시간 악습에 의해 만든 병을
주사 한 대나 몇 알의 약으로 고친다는 의사나
그걸 믿는 환자 모두 사기꾼이다."

아버지가 의사였던 70세 된 분을 만나 점심을 먹으며

온몸이 가렵다고 해서맨발 걷기를 권유했더니
신 벗는 것을 두려워하며
쓰쓰가무시병 걸릴 수도 있다고 걱정하셔서
파상풍 예방접종을 권유하기도 했습니다.
지난여름 비누로 너무 자주 씻어서 그런가?
저도 온 몸이 가려웠는데
사람들이 흰 머리카락이 나려고 그런다고 하고
나이 들면 그렇다고 해서 암담했는데 맨발로 걸었더니
가려움증이 확실하게 없어졌다는 이야기를 했습니다.
몸의 정전기가 배출되면 가려움증이 없어진다고 합니다.

잔치가 끝나고 조용해진 가을밤
얼굴은 단정하게
말은 바르게
보는 것은 밝게
듣는 것은 자세하게
생각은 투철하게
서경의 오사五事를 떠올리며 하루를 종료합니다.

맨발인 여러분!
오늘도 수고 많았습니다.
평화를 빕니다.

2018년 10월 15일 오후 10:44

말이 곧 나 - 맨발 86일

한자로 말씀 어語 = 말씀 언言 + 나 오吾입니다.
말이 곧 나
말이 말하는 사람의 인격입니다.
내가 한 말은 말이 아닙니다.
상대방이 들은 말이 말입니다.

글은 말을 기호화한 것입니다.
그래서인지 "글 잘하는 자식보다 말 잘하는 자식 낳아라."는
속담이 있습니다.

저는 말을 마알, 마음의 알맹이라고 생각하기에
말 이전에 마음이라고 생각합니다.
다정다감한 마음을 언어로 표출하는 것이기에
말이 곧 인격 수준입니다.
그래서 사랑의 마음을 잘 표현하는 것이
말을 잘하는 비결입니다.

내 입은 생각의 출구입니다.
그런데 생각다운 생각을 안하다 보니
생각체력이 약해진 말을 하기 일쑤입니다.

하루 한 시간 생각하고 말하면 무조건 성공입니다.
규칙적으로 걸으며 생각할 수 있게 하는 운동장이 참 고맙습니다.

오늘은 도혜자 님과 박준영 님이 함께 걸었습니다.
박준영 님을 배웅하고 돌아오다가 하은정 님 부부를 만났습니다.
가족같이 반가웠습니다.
달이 붉어서 한잔한 것 같다는 박준영 님의 표현에
함께 웃었습니다.
달이 조명등 같습니다.

땅이 차가워져서인지 발이 얼얼합니다.
그리고 후끈합니다.
오늘도 유쾌한 시간이었습니다.

맨발인 여러분! 잘 자요~.

2018년 10월 16일 오후 11:10

화가 나십니까? - 맨발 88일

화가 나십니까? 화는 자기방어 본능이라고 합니다.
화가 날 때는
화나는 일들을 화낼 '거리'로 만들지 않는 것이 상책입니다.

아리스토텔레스는 말했습니다.
"사람은 누구나 화를 낼 수 있다. 그것은 쉬운 것이다.
그러나 올바른 상대에게 화를 내는 것,
적재적소에서 화를 내는 것, 올바른 목적으로 화를 내는 것,
올바른 방법으로 화를 내는 것,
그것은 누구나 할 수 있는 일이 아니다.
그것은 쉬운 일이 아니다."
올바른 판단이라는 객관적인 확신이 없으면
분노를 품지 말라는 것입니다.

유대 경전 <탈무드>에는 사람을 평가하는 기준으로
키소(돈주머니), 코소(술잔), 카소(노여움)
세 가지를 언급합니다.
돈을 어떻게 벌고 쓰는가를 보면 사람의 됨됨이가 보이고,
술 매너를 보면 인품을 알 수 있고,
분노를 조절하고 표출하는 방식을 보면

그 사람의 감성과 성품이 어떠한지 알 수 있다고 보고
그것으로 사람의 본모습을 판단한 것 같습니다.
화를 잘 처리하는 것이 중요합니다.
거룩한 분노를 생각합니다.
분노가 제어되지 않을 때 맨발로 걸어 보시기 바랍니다.

마음의 상처는 폭력에 있습니다.
마음의 치유는 마음을 보듬어줄 사랑에 있습니다.
흙이 마음의 상처를 다독이며 마음을 포근하게 해줍니다.

사랑을 지키기 위해서는
내 사랑 외에는 배타적인 사랑을 할 수밖에 없습니다.
부부를 생각해보면 그렇습니다.
배우자가 나 아닌 사람에게 부드러운 눈길이나
따뜻한 미소나 관심을 드러내면 싸움이 되기도 합니다.

가족끼리 나눠야 할 대화는 늘 반복되는 사소한 이야기가 아니라,
기쁨과 동시에 눈물과 같은 깊은 대화를 나눠야 합니다.
대화가 품고 있는 생각의 온도를 느껴야 합니다.
마음에는 곳곳에 대화의 향기가 묻혀 있습니다.
사소한 대화가 아닌 깊은 대화가 품고 있는 생각의 온도를 느끼면서
서로가 서로를 토닥일 수 있어야 합니다.
심리공부를 하면서 심리는 관찰을 통해
관점 바꾸기로 마음의 결을 느끼는 것이라고

나름대로 정의하게 되었습니다.
마음에서 '마'는 처음(맏형), 참된(마땅하다), 옳은(맞다)의
뜻을 품고 있습니다. '음'은 움(씨가 싹트는 것)과 같으니
마음이란 '참된 첫 씨'라는 것입니다.
그리고 '마음은 무엇을 담는 그릇'이란 말도 있습니다.
채우기를 좋아하는 마음의 특성을 지적한 것인데
무언가를 채우려면 마음이 비어있어야 합니다.
중간에 있던 마음의 점을 아래로 붙이면 미움이 됩니다.
미움은 마음의 근력이 없어지는 첫 증상입니다.

마음의 힘이 부족하면 융통성이 없어지고,
완벽하지 못하면서 완벽주의를 추구하며,
절대로, 반드시, 결코, 이런 단어를 자주 사용하면서
단정하는 말을 잘하게 됩니다.

맨발로 걸으며 내가 뿌리고 내가 거두는 말을 생각합니다.

내가 뿌리는 말의 씨와 그 열매들을
결국 내가 거두어야 한다는 점에서
그 사람의 말이 인생을 경작하는 것이라는
생각을 합니다.

2018년 10월 18일 오전 7:35

시름 수愁 - 맨발 89일

선인들은 우수憂愁, 향수鄕愁, 애수哀愁 등의 글자에
가을秋이란 글자를 넣었습니다.
수확의 계절인 가을, 풍요의 상징인 가을에 거두지 못하고
풍요롭지 못할 것을 걱정한 것인지. 곧 다가올 겨울을
근심한 것인지? **가을 마음이 근심이고 시름이라는 것愁에**
생각이 머뭅니다. 글자를 들여다보면 신기합니다.

그 푸르던 잎새가 모두 땅바닥을 구르는 걸 보면
무언가 인생과 통하는 면이 있기에 그런 것 같기도 합니다.
산다는 것은 일정한 시간을 받아 그 수명이 다하면
도리 없이 떠나는 것이니까….

100세 안팎의 삶!
그 사람의 현재의 모습은 지나온 과거의 모습이고
그 사람의 생각을 보면 그 사람의 미래가 보인다고 합니다.

인생
잠깐이 60이고
잠깐이 70이고
잠깐이 80입니다.

이 세상을 살아가는 수많은 사람 중
그래도 탁월한 인물들의 특징은
'그들에게 닥쳐오는 고통을 탁월하게 관리한 것'이었습니다.

고통을 어떻게 관리하는가에
그의 운명이 걸려 있습니다.
그의 인생이 달려 있습니다.

유럽이나 구미 각국에서
멸시와 조롱의 대상이었던 유대인들은
많은 사람들의 멸시와 그로 인해 초래되는 열등감을
성장을 위한 연료로 활용했습니다.
그들에게 고통은 고통이 아니었습니다.

인간의 삶에서 고통이 사라질 수 있는 날이 있을까요?
스트레스를 떼어놓고 인생을 얘기할 수 있을까요?
누구나 고통을 싫어하지만 피할 수 없고,
스트레스를 싫어하지만 면할 도리가 없습니다.

결국 어떻게 하면 고통을 잘 관리하고 이겨낼 수 있는가?
물론 정답正答은 저마다가 찾아서 작성해야 합니다.
맨발로 걷다가 해답解答을 얻기도 합니다.
살아있는 모든 생명체는 중력을 거스를 수 없습니다.
삶에는 총량의 법칙이 있습니다.

인생 전반을 보면 눈물의 총량, 웃음의 총량, 부의 총량,
가난의 총량, 슬픔과 기쁨의 총량이
누구나 거의 비슷하게 균형이 맞추어져 있습니다.

모든 고통도 때가 되면
흘러가고 사라지고 지나갑니다.
계절의 흐름처럼 말입니다.
그리고 모든 기쁨과 희망이
봄처럼 찾아올 것입니다.
예외가 없습니다.

'행복한' 또는 '복된'이라는 말은
'거룩한'이라는 말과 동의어임이 틀림없습니다.
사랑의 크기만큼 산다고 합니다.
사랑의 크기만큼 행복합니다.
사랑의 크기만큼 거룩해집니다.
오늘도~ ^힘^!

2018년 10월 19일 오전 11:38

가을과 운동 - 맨발 90일

맨발로 걷기 석 달째.

계절이 바뀌니까 땅의 느낌도 달라졌습니다.

흙이 차가우니까 여름의 느낌과 달라서 발바닥이 아픕니다.

다쳤던 부위도 그때만큼의 강도는 아니지만 묵직한 통증이

느껴집니다.

가을, 음식과 운동.

한의학에서 가을에는 폐肺를 보충하고 비위脾胃의 기운을

돕는 음식을 골고루 섭취해야 건강하게 보낼 수 있는데

그런 음식들은 대개 백색을 띄며 약간 매운 맛이 도는

양파나, 마늘과 같은 뿌리채소 음식이 몸에 좋다고 합니다.

운동은 통증을 경감시키는 치료뿐만 아니라

예방에 필수적인 요소이므로 평소에 하면 더욱 좋고

만약 손상을 입었을 경우에도

무리하지 않는 범위 내에서 빠를수록 좋으며

계절과 체질을 고려하여

규칙적으로 하는 것이 건강에 좋다고 합니다.

오늘도 진주를 벗어나는 시간, 달려야만 합니다.

바쁜 하루 예정….

바쁠 망忙은 마음心이 달아나다. 마음이 죽다 亡입니다.

여유를 가지고 맨발인 여러분!

힘차게 아자! 아자!

^힘^

2018년 10월 20일 7:29

노력도 재능 - 맨발 91일

천재와 바보는 종이 한 장 차이고
원숭이와 사람의 DNA는 2% 정도 차이가 난다고 합니다.

그래서 사람의 능력은 거의 차이가 없다고 합니다.
그들이 느끼는 재미와 행복이 이끄는 대로
각자의 감동을 쫓아 살다 보니 각자 분야의
차이가 나는 것일 뿐입니다.

그 차이를 인정하면 편한데,
모든 분야에 잘하고 싶은 욕망이
상대를 시기하고 질투하면서 자기 자신이 불행하게 됩니다.

'다르다'의 상대어는 '같다'이고
'틀리다'의 상대어는 '맞다'입니다.
'다른 것'을 '틀린 것'으로 인식하면 곤란합니다.

인간성이 모든 것을 좌우한다면
지나치다고 할 수 있을지도 모르지만
인간성이 많은 비중을 차지하는 것은 부정할 수 없습니다.
뭔가를 이뤄내는 절대 시간을 몸으로 증명하는 맨발로 걷기.

나와 다른 남을 이해하고 싶은 마음에 도움이 됩니다.

10월의 어느 멋진 날이 평범한 일상이 되어간다면
특별함이 없고 설렘이 없어져서 좋지 않습니다.

누군가에게는 특별함이 누군가에는 일상이 되기도 함을….
노력도 재능임을 까이꺼([그까짓 거]의 경상도 지방의
말입니다.) 인정해버리죠!
변명보다는 주장하는 시간이기를…. 하하.
격려 덕분에 최우수상을 비롯해 전원 수상했습니다,
고맙습니다.

2018년 10월 21일 오전 8:59

모든 벽은 문이다 - 맨발 92일

벽은 항상 굳게 막혀서 이곳과 저곳을 차단하는 것으로
그 존재가치를 지니는 것인데 그 안에는 또 다른 세상으로
나갈 수 있는 출구가 존재한다는 사실을 믿어야 합니다.
인생이라는 벽 앞에서 용기를 가지면 문이 열립니다!
지나온 삶을 돌이켜보면 인생의 벽 앞에서 돌아서는 일도
많았습니다.
맨발로 걷기 92일째.
저는 또 하나의 벽을 문으로 만들고 있습니다.

내 인생의 꿈은
진정으로 내가 원하는 삶을 사는 것.
내 인생이라는 시간을 내가 주인이 되어서 사는 것.
'여긴 어디?', '나는 누구?'를 생각합니다.

2007년 말기 암으로 6개월 시한부 삶을 살면서도
〈마지막 강연〉이라는 동영상을 통해 전 세계인들에게
희망과 사랑의 메시지를 던진 미국의 랜디 포시 교수는
"벽이 있는 것에는 다 이유가 있다. 벽은 우리가 무언가를
얼마나 진정으로 원하는지 가르쳐준다.
무언가를 간절히 바라지 않는 사람은
그 앞에 멈춰서라는 뜻으로 벽이 있는 것이다."

벽을 벽으로만 보면 문은 보이지 않습니다.
가능한 일을 불가능하다고 생각하면 결국 벽이 보이고,

불가능한 일을 가능하다고 보면
결국 문이 보입니다.
벽 속에 있는 문을 보는 지혜의 눈만 있다면,
누구의 벽이든 문이 될 수 있습니다.
그 문이 굳이 클 필요는 없습니다.
좁은 문이라도 열고 나가기만 하면 됩니다.

화합과 희망의 세상은 무한하고 넓습니다.
그러나 마음속에 작은 문을 하나 지니고 있어도
그 문을 굳게 닫고 벽으로 사용하면 이미 문이 아닙니다.
그렇습니다.
우리가 사는 세상은 어디를 둘러보아도 사방이 벽입니다.
그러나 그 어떤 성벽이라도 문은 있습니다.
문이 없는 벽은 없습니다. 모든 벽은 문입니다.

맨발인 여러분!
자기의 벽을 허물고 넓은 세계,
더 밝은 곳을 향해 나아가는 하루를 응원합니다.

오늘도 아자아자! ^힘^!

2018년 10월 22일 오전 7:23

외로움과 고독함 - 맨발 93일

혼자 걷고 있는데,
뜻있는 몇 분이 힘을 합쳐
네팔에 짓기 시작한 학교가 완성되었다며
네팔로 가기 전에 얼굴 보고 가야 한다고
친구 박정희 선생이 4차 산업을 운운하며
직접 담근 김치와 자기가 심고 키운 상추를 들고
운동장으로 와서 맨발로 달려가
두리둥실 흔들던 팔로 얼싸안고….

우리의 만남은 발 덕분이다.
잘 다녀오라고 흔드는 내 두 팔.
잘 다녀오마고 흔드는 네 두 팔.
합이 네팔!? 웃으며 같이 걸었습니다.

'외로움'은 소극적인 의미로 '고독'은 적극적인 의미로 느껴집니다.
어떤 정신 분석가는
'외로움이란 내가 말할 대상이 없는 데서 비롯된 상처가 아니라,
내가 누구에게도 말 상대로 선정되지 않는 것에서 비롯된 것'
이라고 했습니다.
말 상대, 존재감의 확인입니다.
심리학에서 배운 내용을 옮깁니다.

외로움(loneliness)과 고독孤獨(solitude)의 구분은 외로움은
내가 타인을 필요로 함에도 불구하고 '거절당한 소외'를,
고독은 타인이 나를 필요로 하고 있지만
그것을 넘어서는 '자발적인 자기격리'를 의미합니다.
철학자 틸리히(Tillich)는 혼자 있는 고통을 표현하는 말은
외로움이고, 혼자 있는 즐거움을 표현하는 말은 고독이라고
정의했습니다. 또한, 정신분석학자 설리번(Sullivan)은
'관계로부터 격리된 부정적 혼자됨'을 외로움으로,
'스스로 선택해 나다움을 찾는 긍정적 혼자됨'을
고독으로 구분했습니다.

운동장이 친구처럼 다정다감합니다.
달이 없는 날, 비 오고 흐린 날이 훤한 신의 섭리를 읽으며
"나는?" 하고 묻습니다.
나는 독한 사람입니다.
고독, 중독, 지독! 친구를 보내고
운동장을 세 바퀴 더 돌았습니다.
찾아와준 친구에게 감사하며 감동하며 멈추지 않았으니….
인간적으로 맨발은 고독한 행위입니다.
그러나 두 다리로 우뚝 서서 움직임! 위대합니다.
얼마나 많은 넘어짐을 통해 이 행위를 하는가!
자연의 반복을 배우고 소통함으로써 하루를 품는…!
고맙습니다. 넉넉해진 마음으로 가을을 호흡하는
당신의 하루를 응원합니다.
^힘^!

2018년 10월 23일 오전 7:50

부자 여자 - 맨발 94일

75세인 통영 언니도 10월 10일부터 통영 초등학교와
통영 중앙 중학교 운동장에서 걷기 시작했다고,
신 신고 걸을 때보다
더 걷고 싶은 욕심이 생긴다고 하셨습니다.

밤에 두 번씩 일어나 소변을 보면 잠을 설쳐서 피곤한데
맨발로 걷고 나니 한숨에 자고
새벽 네 시나 네 시 반에 일어나서 좋다고 하십니다.
혈압 약은 반 알 정도 드시는데 당 수치는 정상이라고
인공 무릎관절 수술을 한 상태인데 푹 자고 나니 가뿐하다고
아침에 30분 걷고 저녁에 또 걸어서 일일 13,000~18,000보
정도 걷는다고 하며 걸음이 보약이라고 하셨습니다.

사무총장 김미경 님과 걷고
운동장 바통을 하은정 님께 넘기고….

휘영청 보름달도 둥급니다. 둥글게, 둥글게!
평소에 가만히 앉아 책을 읽고 있으면 체온이 내려가서 몸이
싸늘해지는데…이 몸의 변화가 감성보다는 이성적으로 되고
냉정하게 되는 게 아닌가 생각해보며
어쨌거나 뜨거운 열정을 가지려면 움직여야 합니다.

열심熱心이란 심장이 뜨겁도록 하는 것이니까.
"열심히 하겠습니다."가 모든 조직사회의 만병통치약처럼
쓰여서 젊은이의 심장을 너무 가열하지 말라고,
청심淸心을 강조했던 적이 있습니다.
평상심平常心이 중요합니다.

논어 어디에도 청빈淸貧은 없습니다. 맑은 가난은 없습니다.
맑은 부자! 청부淸富가 있을 뿐입니다.
자신의 노력으로 맑은 부자, 투명한 부자가 되기 위한
노력이 필요합니다.
그래서 부자가 존경받는 사회여야만 투명한 사회인데.
우리는 부자를 의심합니다. 세금 탈루. 검은돈….

누가 물소 뿔 망치를 주어서
그것으로 혈 자리를 두드린 적이 있었습니다.
초등학생이 그런 나를 보고 "부자 여자 같아요."고 해서
"왜?"라고 물었더니
"물소 뿔 망치가 있어서…."
그런데 맨발로 걷고부터 부의 상징인 그 물소 뿔 망치가
어디로 갔는지 모르겠습니다. 멀어졌습니다.
모두 오늘도 글자. 활자. 하자. 부자!
자야들을 친구로 불러 모아서 넉넉한 하루!
응원합니다. ^힘^

2018년 10월 24일 오전 7:58

인人과 생生 - 맨발 95일

맨발로 걷는 이유는 건강한 생활인이 되고 싶어서입니다.
人과 民을 생각합니다.
人은 기득권을 가진 자이고 民은 기득권이 없습니다.

人人人人人
'사람이면 다 사람이냐 사람이 사람다워야 사람이지.'를
생각합니다.
도시인. 생활인. 지식인. 직업인. 학인. 문인. 맨발인.

민民
사전에는 '역사 - 자기 조상의 무덤이 있는 곳에 사는 백성이
그 고을의 원에게 자기를 이르던 일인칭 대명사.
화민化民'이라고 나옵니다. 국민. 천민. 평민. 서민….
民! 글자의 생김을 보면 어긋날 때는 방향을 모르게
艮눈을 뽑고 끌려가고 있는 형상입니다.

맨발로 걸으며
生生生生生을 생각합니다.
삶이면 다 삶이냐 삶이 삶다워야 삶이지!

건강한 삶을 위해 지피는 군불!
마음과 몸이 훈훈해지는
당신의 하루를 응원합니다~!
^힘^

2018년 10월 25일 오전 7:44

친구親舊 – 맨발 96일

독도의 날!
행사를 마치고 맨발 학교를 결석할 수 없어서 걸었습니다.

맨발 학교!
비전이 확고한 교장 이정구 선생님과 홍보이사 조금제 님,
사무총장 김미경 님의 열성에 존경을 표합니다.

지난여름 맨발 학교에 입학하고 만난 친구
여섯 살 김다온과 세 살 김신지 학우들!
통화를 하면 어찌나 반갑게
"원장님! 천전초등학교에서 매일 만날까요?"
"날씨가 추워져서 이제 일주일에 한 번씩만 만나자!"
"예. 그렇게 해요."
그러고는 전화기 너머에서
"아빠! 원장님하고 일주일에 한 번씩~!"
그리고 세 살 신지와의 통화.
"원장니임~."
"신지야, 잘 있었어?"
운동장을 그 조그마한 발로 뛰어다니며
꽃잎 같은 몸짓으로 안겨 오던

그들에게 내가 할 수 있는 일은?
살 만큼 산 내가 해줄 수 있는 일은?

그들이 희망을 꿈꿀 수 있는 지금보다 나은 세상.
그들이 열과 성을 다한 뒤에
그 성실함으로 성취할 수 있는 세상
그들이 나눌 수 있는 감사의 세상을 생각해봅니다.

제가 어렸던 시절은 가난했지만,
그나마 평화의 세상을 살았습니다.
네팔에서 가난한 아이들과 뛰놀면서 가난했던 어린 시절을
떠올리며 보람을 느낀다는 친구 소식을 접하며…
우리 세 살, 여섯 살 어린 친구가 살 세상을 생각해봅니다.

맨발 96일째!
"제가 이 세상에 살았음으로 인해 이 세상이 조금이라도
좋아졌다는 이야기를 듣고 싶습니다."
미국 대통령 링컨이 새벽마다 했다는
그 기도를 이 새벽에 저도 하게 됩니다.
이 글을 읽고 있는 여러분과 제가 있어서 이 세상이 조금이라도
좋아졌다는 이야기를 듣고 싶습니다.

"부지런한 꿀벌은 슬퍼할 겨를이 없다."

노력 없이는 아무것도 이룰 수 없습니다.
우리 몸은 나이가 들수록 운동을 필요로 합니다.
우리 몸의 모든 조직이나 세포에는 재생 기능이 있어
노화의 진행을 막지는 못하지만 진행을 늦출 수는 있습니다.

사람의 몸은 자동차와 다릅니다.
자동차는 낡은 부속품을 갈아가며 굴리지만
우리들의 몸은 재생 능력을 스스로 키우며 굴러갑니다.
재생 능력을 상실하면 그때부터 건강에 이상이 오고
빨리 늙고, 병이 들기 시작합니다.

맨발 걷기 운동으로
몸의 재생 능력을 깨우는 하루를 응원합니다.
맨발로 걷기. 나와 친구 되기!
^힘^

2018년 10월 26일 오전 5:00

아름다운 가을밤 맨발 효과를 나누며 - 맨발 97일

천전 맨발족의 공통된 <맨발 체험 효과>를 옮깁니다.

먼저 가뿐합니다.
기분이 좋습니다.
두통이 사라졌습니다.
스트레스가 없어졌습니다.
얼굴 라인이 살아납니다.
어깨 통증이 사라졌습니다.
소화가 잘됩니다.
예뻐집니다.
뱃살이 줄어듭니다.
소변 횟수가 줄어듭니다.
숙면을 취합니다.
자다가 꿈을 꾸지 않습니다.
잡념이 없어서 머리가 텅 빈 느낌이 듭니다.
팔뚝 살이 줄어듭니다.
잠을 자다 눈을 뜨면 아침입니다.
맨발로 걸으면 더 걷고 싶어집니다.

우리 천전 맨발족은 팔을 위로 흔들흔들
얼씨구절씨구의 모습으로 인사합니다.

어둠의 힘을 빌려 팔을 위로하고 골반을 흔들면 춤이
됩니다. 중력을 거부하는 인간의 긍정적 행위로 인사하고
맨발로 걷습니다.

가을비가 추적추적 내리더니 달이 해말간 얼굴로
우리와 함께 합니다. 쟁반 같은 달이 떨어지지 않고
허공에 자리를 차지하고 있음이 새삼스럽게 신기합니다.

아름다운 가을밤입니다.
동그란 달 속에 당신이 웃습니다.
맨발 효과를 공유하며 도道와 덕德을 생각합니다.
도덕이 지켜져야 할 근본 이유는 자신의 무의식에
덕德이라는 에너지를 쌓는 일이기 때문입니다.

중용에서는

> '솔성지위도 수도지위교 率性之謂道 修道之謂教'
> "도는 하늘이 정해준 것을 따르는 일로, 교육을 통해 실천된다."

라고 합니다.

누군가가 후덕하다거나 덕스럽다고 말하면,
그는 대체로 마음이 너그러워 이웃에게 관대합니다.
노자는 '덕은 저금하는 것처럼, 선한 에너지를 내 안에 쌓는
일'이라고 합니다. 인간은 태어날 때는 몸뿐이지만,
올바른 교육을 통해 진정한 정신인 도道를 얻습니다.
이런 이치를 깨닫고 하늘의 편에 서면 불멸의 존재가 되지만,
이런 깨달음을 얻기가 쉽지 않습니다.

선행은 제 마음에 좋은 기운을 쌓는 일

여기에는 우주에 작용하는 에너지 법칙이 숨겨져 있습니다.
세상에는 우연이란 없어, 콩 심은데 콩 나고 팥 심은데 팥 나기
마련입니다. 다만 그 작용이 즉각적으로 나타나지 않기
때문에, 현명한 사람만이 이런 진리를 깨닫게 됩니다.
모든 사람은 속여도 나 자신은 속일 수가 없습니다.

마르쿠스 아우렐리우스는 "도덕을 지키는 행동이, 세상에서
가장 아름다운 행동이다."라고 말합니다.
도덕을 지키므로 나는 점점 선한 기운으로 채워집니다.
지금 하는 일이 자랑스럽다면 그 일은 선한 일이며,
찝찝하다면 삼가야 할 것입니다.

인생이란 태어나 죽을 때까지
그 사람의 취향에 맞는 지식을 축적하는 과정입니다.
객관적이고 보편적인 타인의 지식이 아니라,
그 지식을 자기화해서 내 삶을 바꾸는 주관적인
지혜가 필요합니다. 이런 지혜가 쌓일수록,
인간 내면의 신성이 별처럼 빛나게 됩니다.

함께여서 행복했습니다.
박준영 님. 김미경 님. 김혜경 님. 하은정 님과 그녀의 님!
오늘도 편안한 밤이기를….

2018년 10월 27일 오전 12:57

지상에서 가장 아름다운 것 - 맨발 98일

혼자 걷는 10월 말의 운동장은 차가웠지만
걷고 나니 가뿐합니다. 발에서 열이 납니다.
설악산에 이어 지리산 천왕봉에도 첫눈이 내렸다고 합니다.
내일은 비가 내리고 돌풍이 예상된다고 합니다.
감기 조심하셔야겠습니다.

독일 사람들은 지상에서 가장 아름다운 것을 밤하늘의 별,
아가의 손등, 아기를 보는 어머니의 눈길이라고 했습니다.
밤하늘의 별과 달이 아름다운 시간이었습니다.

천사가 지상에서 가장 아름다운 것을 찾다가
활짝 핀 꽃, 어린이의 웃음, 어머니의 사랑을 바구니에 담고
하늘로 돌아가는데 꽃은 이내 시들고,
어린이는 금방 자라서 어른이 되었습니다.
유일하게 변하지 않는 것은 어머니의 사랑이었다고 합니다.

어머니!
프랑스 글자에는 어머니 속에 바다가 있고
중국 글자에는 바다 속에 어머니가 있습니다.
프랑스어로 어머니(mère)와 바다(mer)는

철자가 한 글자 다르지만 발음은 거의 같습니다.
또 바다海라는 글자 속에는 어머니母가 내포되어 있습니다.
동서양의 머나먼 두 언어에서 나타나는 이런 일치가
참 놀랍습니다.
바다 같은 어머니, 어머니 같은 바다!
바다는 모든 생명의 어머니이며,
어머니는 나를 품었던 최초의 바다였습니다.
바다는 모든 것을 받아들여서 '바다'라고 한답니다.
오늘은 운동장이 나를 받아주는 듯했습니다.
운동장이 어머니 같았습니다.

평화를 빕니다.

2018년 10월 28일

과실-눈총과 눈독 - 맨발 99일

성공이라는 못을 박으려면
끈질김이라는 망치질이 필요하듯이 과일이 익기까지,
특히 탐스러운 과일이 되기까지는 매일매일 시간을
누적시키며 눈총과 눈독을 이겨내야 합니다.

만추-돌풍이 불고 설악산과 지리산의 첫눈을 접한
2018년 10월 28일 일요일 오후 5시 30분.
저는 과실果實을 생각합니다.
열매 과果-나무의 열매, 해내다. 이루다. 굳세다. 용감하다.
결과, 원인에 따른 결과

열매 실實-차다. 가득 차다, 익다, 곡식이 익다.
실질. 명분보다 實을 취하다.

실없다-'열매 없다'이니까 쭉정이라는 뜻입니다.
과일 fruit은 감사와 쾌락, 즐거움을 의미하는
라틴어 fructus에서 유래했다고 합니다.
씨앗에서 열매가 되기까지 눈총과 눈독을 이겨내며
일정 시간을 인내한 결과가 과실입니다.
과일을 좋아한다면 식물이 보내는 유혹의 메시지에

당신도 유혹되었음을 인정하는 것입니다.
씨앗은 단단하고 함부로 타협하지 않습니다.
식물은 그 단단한 결심, 씨앗이 되어 동물을 통해
멀리멀리 이동하게 됩니다.
동물의 배설물은 식물로부터 받은 즐거움에 보답하는
의미에서 동물이 어린 싹에게 주는 선물, 즉 거름이 됩니다.
식사 도중 먹으면 채소이고 식사 후 마지막에 제공되면
과일이라고 합니다.
어우러짐. 어울림. 햇빛보다는
달빛과 함께 한 시간이 많았습니다.

> "부드러운 말씨는 친구들을 많게 하고
> 우아한 말은 정중한 인사를 많이 받게 한다.
> 너와 화목하게 지내는 친구들을 많이 만들되
> 조언자는 천 명 가운데 하나만을 골라라.
> 친구를 얻으려거든 시험해보고 얻되,
> 서둘러 그를 신뢰하지 마라.
> 제 좋을 때에만 친구가 되는 이가 있는데
> 그는 네 고난의 날에 함께 있어 주지 않으리라."

집회서의 저자는 "사람은 말로 평가된다."며
말을 듣기 전에는 사람을 칭찬하지 말라고 합니다.
예수께서는 나무는 열매를 보면 안다고 하시며,
마음에서 넘치는 것을 입으로 말하는 법이라고 하십니다.

집회서에서는

"체로 치면 찌꺼기가 남듯이
사람의 허물은 그의 말에서 드러난다.
옹기장이의 그릇이 불가마에서 단련되듯이
사람은 대화를 통해 수련한다.
나무의 열매가 재배과정을 드러내듯이
사람의 말은 마음속 생각을 드러낸다.
말을 듣기 전에는 사람을 칭찬하지 마라.
사람은 말로 평가되기 때문이다.
……
좋은 나무는 나쁜 열매를 맺지 않는다.
또 나쁜 나무는 좋은 열매를 맺지 않는다.
나무는 모두 그 열매를 보면 안다.
선한 사람은 마음의 선한 곳간에서 선한 것을 내놓고,
악한 자는 악한 곳간에서 악한 것을 내놓는다.
마음에서 넘치는 것을 입으로 말하는 법이다.
겨울을 이기고 피어나는 봄꽃처럼,
어려움을 견디고 이겨 내어 세상에 희망을 전하게 하소서."

일요일!
해날. 오늘은 꽃길을 걸었습니다.
아흔 아흐레… 맨발로 걷기
하루 평균 걸음 수가 500걸음 안쪽이다가
10,000보 이상을 99일 동안 걸었습니다.

천전 초등학교 운동장에서
내 앞으로 오는 공을 달려가 차주었더니
"감사합니다~!"

초등학생의 맑은 목소리가 가을 운동장을 가득 채웠습니다.
"감사합니다~!"
저는 팔을 힘껏 흔들어 주었습니다.

때로는 혼자.
때로는 함께!

술과 맨발로 걷기의 공통점은,
평소 옥죄고 있던 여러 구속에서 벗어나
해방감을 느끼게 하는 것입니다.

꽃이 핀 것을 본 시간(17시 30분)과
별이 뜨는 시간을 본 시간(18시 15분)은 불과 40여 분 차이!
그 짧은 시간에 캄캄한 어둠의 장막이 펼쳐졌습니다.
신의 섭리 우리가 허락받은 시간!
한 치의 오차 없이 약속은 이행된다는 사실!

오~(감탄사)
늘~(언제나, 항상)
감동 감탄이 함께 하는 최고의 하루를 응원합니다!
^힘^

2018년 10월 29일 오전 7:20

그동안 고마웠습니다 - 맨발 100일

드디어 백일을 걸었습니다.
늦은 밤 맨발 체험기를 올리기도 하고 혼자 좋아하며
어쭙잖은 글로 괴롭혔음을 용서하십시오.
이제 이 백일 째 일기로 맨발 체험기 바통을 넘깁니다.
다른 곳에서 다른 이유로 뵙게 될 것입니다.
어떤 일에 상처받으면
그것이 결코 사소한 일이 아님을 압니다.

오늘 할 수 있는 일은
오늘 하지 않으면 영원히 하지 못하는 것입니다.

무릎 꿇은 나무, 들어 보셨죠?

로키산맥 해발 3,000미터 높이
수목 한계선에서 자라는 나무입니다.
세계적으로 가장 공명이 잘되는 명품 바이올린은
바로 이 무릎 꿇은 나무로 만든다고 합니다.
저는 생사 한계선을 맨발로 걸은 것 같습니다.
맨발인들의 평화를 빕니다. 거듭 고맙습니다.

2018년 10월 30일 오전 12:09

저 걷고 있습니다 - 맨발 105일

한 방울의 물은 흔적 없이 사라집니다.
이렇게 강물이 되어 흐른다는 것! 놀랍지 않은가요?
하루는 흔적 없이 사라질지도 모르겠습니다.
그러나 하루하루가 모여 일생이 된다는 것을
다시 한 번 느낍니다!

심리학자들에 따르면 사람들에게는
행복을 결정하는 두 가지 질문이 있다고 합니다.
첫째 - 지금 내가 하고 있는 일이
나에게 의미를 가져다주는가?
둘째 - 나와 주변 사람들과의 관계가 좋은가?
이 두 가지 질문이 사람들의 행복의 열쇠라고 합니다.

맨발로 걷기와 밴드 활동!
이 두 가지를 충족합니다.

오늘도 여러분의 하루를 응원합니다. ^힘^

2018년 11월 6일 오전 8:44

벗님 - 맨발 107일

저를 움직이는 힘은 지위에 대한 욕망이 아니라 사랑입니다.
스피노자는 "내일 지구가 멸망할지라도 오늘 나는 한 그루의 사과나무를 심겠다."고 했습니다. 스피노자는 결코 만만한 상대가 아닙니다. 당연히 몸이 정신을 지배합니다.
질병에 맞닥뜨리면 가치관부터 달라지는 게 인간입니다.

저를 움직이는 것은
지위에 대한 희망이 아니라 평안에 대한 사랑일 뿐입니다.
그는 힘들게 사유의 자유를 지켰고, 그 사유는 어둠 속에서 방황하는 우리에게 빛을 비춰 주었습니다.

맨발 107일째.

> "하루 종일 몸을 움직이면 1m를 갈 수 있는 애벌레가
> 죽기 전에 10㎞를 이동하려면 어떻게 해야 할까?
> 더 열심히 몸을 꿈틀거려야 할까? 아니다. 리셋 해야 한다. 나비로
> 변해 훨훨 날아가야 한다."
>
> 김난도, 『천 번을 흔들려야 어른이 된다』 중에서

나비로의 변신을 꿈꾸며
어제가 맨발 60일이라는 박준영 약사님과 함께

이석의 〈비둘기집〉을 조용조용,
그러나 운동장이 가득하게 불렀습니다.

> 비둘기처럼 다정한 사람들이라면
> 장미꽃 넝쿨 우거진
> 그런 집을 지어요
> 메아리 소리 해맑은
> 오솔길을 따라
> 산새들 노래 즐거운 옹달샘 터에
> 비둘기처럼 다정한 사람들이라면
> 포근한 사랑 엮어갈
> 그런 집을 지어요
>
> 비둘기처럼 다정한 사람들이라면
> 장미꽃 넝쿨 우거진
> 그런 집을 지어요
> 메아리 소리 해맑은
> 오솔길을 따라
> 산새들 노래 즐거운 옹달샘 터에
> 비둘기처럼 다정한 사람들이라면
> 포근한 사랑 엮어갈
> 그런 집을 지어요
> 그런 집을 지어요

신 신고 걸을 때보다 맨발로 걷기가 확실하게 운동량이
많다는 이야기와 신진대사가 잘 된다는 이야기,
숙면을 취한다는 이야기를 나누며….

맨발의 벗님들! 아자아자!
오후의 ^힘^

2018년 11월 7일 오후 1:47

시어머님과 함께 하는 희망놀이 - 맨발 151일

다들 잘 지내시죠? 저 걷고 있습니다.

어제 시어머님 5주기를 지냈습니다.

"시어머니가 며느리 낳는다."는 말이 있는데

하루종일 시어머님 생각을 했습니다.

'모든 부모는 생전에는 부족하지만 돌아가시면

그토록 위대할 수가 없다'고 하더니….

아들을 잃고 며느리와 같이 살아가야 하는

25년 동안의 팍팍한 심정을 위로하기 위해서

나름 큰마음 먹고

"어머니! 팔순에 해외여행과 비싼 보약 중

어느 것을 선택하시겠습니까?"

그랬더니

"둘 다 해주면 안 되겠냐?"

라고 하셔서

"차암… 욕심도 많으시네…."

어이없어하며 웃었는데 어머님도 웃었습니다.

그래서 둘 다 하기로 하고 보약도 드시고 영양가 있는

음식도 챙겨 드렸는데 속에서 받지 않는다고 하셨지만,

여행과 온천에 대한 기대로 얼굴에는 미소가 가득했습니다.

여행경비는 시누님이 내고 보약은 제가 해드리고

셋이 후쿠오카 벳부 온천에 다녀왔습니다.
부산에서 배를 타고 현해탄을 건너는데,
그 배의 아침 식사가 미역국으로 나와서
"어머니! 팔순 생신인 줄 어떻게 알고, 며느리와 해외여행
가는 것은 또 어떻게 알고 배에서 미역국도 끓여주네요.
우리 어머니 복 노인이시네~."
그랬더니
"다~ 니 덕인 줄 안다."
그러시며 정말로 제가 그런 줄 아셨어요.
우연의 일치였는데….
그 후 3년 뒤에 운명하시기까지
일본 온천 이야기만 나오면 입이 귓가에까지 올라간다는
성당 할머니들의 뒷이야기가 있었습니다.
우리 아들들도
"엄마. 할머니하고 일본 갔던 거 참 잘하셨어요."
제가 강의도 하고 또 그 피로를 잊기 위해 맨발로 걷기도
하는 오늘이 있기까지 시어머님의 격려와 응원이 컸습니다.

물론 한동안의 갈등이 왜 없었겠습니까? 실제 생활인데.
그러나 늘 오해는 이해 이전의 상태이고 이해하면 통합니다.
대퇴부 골절로 수술하셨을 때도 며느리가 의사를
잘 알아봐서 당신의 고통을 덜어주었다고 굳게 믿으시던
어머님!
돌아가실 때까지 그 믿음을 가지고 계셨습니다.

공부하기가 만만치 않았지만
그 공부가 참 여러 가지로 좋은 일을 많이 했습니다.
제 인생의 원풀이, 화풀이, 심심풀이, 분풀이, 살풀이,
한풀이, 그리고 다른 이가 부러워하는 희망놀이였습니다.
지독하게 공부하지 않았다면
맨발로 걷지 않았을지도 모르겠습니다.
머리가 복잡하지 않고 두통과 몸살도 없었을 테니까.
그토록 지독하게 공부할 수 있었던 것은 진주의
며느리였기에 가능했다고 해두겠습니다.
공부하는 이들에게, 머리로 일해야 하는 이들에게,
맨발로 걷기를 추천합니다.
확실하게 도움이 됩니다.
^힘^

2018년 12월 20일 오후 1:47

단순하고 반복적인 것의 힘 - 맨발 154일

얼마 전 미국 MIT 로봇공학자가 단순하고 반복적인 직업은
인공지능을 갖춘 로봇이 대체하고,
인간은 무의미하고 지루한 작업으로부터 벗어나 좀 더
고차원의 창의적인 새로운 일들을 하게 될 것이라고 했습니다.
그러나 단순한 일을 반복함으로써 얻어지는 숙련이나 거기서
얻어지는 창의력이나 마음의 평화를 도외시할 수가 없습니다.

그런데 단순하고 반복적인 일들이
과연 지루하고 천하고 허드렛일이기만 할까요?
종교의 수행이 대체로 단순하고 반복적입니다.
단순하고 반복적인 일이 번잡하고 불안한 마음으로부터
안식과 평온을 주는 경우가 많습니다.
천주교의 "하느님을 찬양합니다."는 할렐루야와 금식
그리고 묵상.
불교의 석가모니불과 관세음보살 등
염불과 1080배나 3000배.
이슬람교에서 매일 하는
본질적 절대자라는 알라신에게 드리는 경배.
그것으로 사고한다, 숭배한다는 진언眞言 만트라,
어머니가 부르는 자장가 등이 단순하고 반복적이어서

평안과 안식을 얻게 합니다.

하루 오만가지 생각을 하고 만감이 교차하는 중에서
불안, 근심, 두려움, 절망, 등을 해소할 수 있는
훌륭한 방법이 단순하고 반복적인 행위입니다.
운동 중에도 걷기와 달리기 같이 단순하면서도 반복적인
육체 운동이 우울증이나 불안감을 해소하여 정신 건강에도
좋다는 사실은 이미 잘 알려져 있습니다.
신체와 정신이 번잡하고 여러 가지 고민이 많을 때는
단순하고 반복적인 신체 운동이 좋습니다.
실제 명상 수련에서도 걷기를 행하고 있습니다.
이렇게 단순하고 반복적인 행위들이 인간에게 평온을 주는
이유는 인간이 살아가는 데 있어서 가장 근원적인 것들이
다 단순하고 반복적인 형태를 띠고 있기 때문입니다.
하루 세 끼 식사. 잠자기. 끊임없이 들숨과 날숨을 반복하는
숨쉬기. 우리의 생존에 절대적으로 필요한 행위들이 지극히
단순하고 반복적입니다. 따라서 생명의 근원에는 단순하고
반복적인 것이 가장 기본입니다.
그러하기에 단순하고 반복적인 일이라고 해서 가볍고 천하게
생각하고 로봇에게 다 넘겨주어서는 안 됩니다.
번뇌 망상에 빠져 허우적거릴 시간에 본래 가지고 있는
생명과 소통하는 시간으로 지극히 단순하고 반복적인 맨발
걷기로 초초, 분분, 시시, 날날 순간순간 다른 느낌을 경험할
수 있으니까!

맨발인 여러분!

여러분의 시간이 좋은 방향으로 흘러가도록 기원합니다.

^힘^

2018년 12월 23일 오전 9:55

정전기 배출 - 맨발 162일

날씨가 쨍하니 참 좋습니다.
추워서 맨발로 걷기 힘드시죠?
신 신고 3,000~4,000보 걷다가 발에 열이 나면
맨발로 3,000~4,000보 걷다가 찬물로 씻고,
신 신고 2,000~4,000보 걸으면 발에 열이 후끈후끈 납니다.
요즘 날씨는 목도리, 마스크, 모자, 장갑은 필수입니다.
오늘 한낮 2시 40분 기온이 0℃….
남강 강변에는 얼음이 얼어 있습니다.

몸속의 정전기 배출이라는 말을 실험해보기 좋은 계절입니다.
바깥에 있다가 실내로 들어가 겉옷을 벗으면
정전기가 후드득 일어납니다.
양말부터 벗고 겉옷을 벗으면
정전기가 일어나지 않는다는 사실! 경험해보시기 바랍니다.
맨발로 걸으면 정신이 맑아집니다. 확실한 정전기 배출!

2018년 7월 20일
접지하기 시작한 발이
자꾸만 흙을 찾아서 걸어야만 하는 습관이 생겼습니다.
지압 판이나 지압 신으로 느낄 수 없는 그 무엇이 있습니다.

흙길을 맨발로 걷기!

모두 건강을 위해 맨발로 아자아자! ^힘^

햇빛이 사선으로 비춰진 겨울 오후 3시!
분위기가 멋집니다.
새처럼 날고 싶습니다.

논개 언니의 구국정신을 생각하며
촉석루가 보이는 대발 길을 걸었습니다.
2018년 한 해의 끝자락에서
맨발인들의 꾸준함에 응원을 보냅니다~!
^힘^

2018년 12월 30일 오후 5:36

체덕지體德智 - 맨발 166일

날씨가 참 좋습니다. 움직일 수 있음이 축복입니다!
사람은 원래 동물입니다. 그래서 움직여야만 합니다.
그런데 요즘 아이들은 너무 묶여 있습니다.
학업도 학업이지만 스마트폰이나 게임을 할 때
몸을 움직이지 않습니다.
가까운 거리도 걷기 보다는 차를 탑니다.

우리 뇌는 신체를 활발하게 움직일 때
최상의 능력을 발휘할 수 있습니다.
인류는 사냥하던 시절 끊임없이 움직이면서
고도의 집중력과 창의성을 발휘했습니다.

어린이가 움직이지 않고 가만히
있으면 아픈 게 아닌가 어른들은 건강을 염려했습니다.

미국의 레이티 교수는 2008년 뇌와 체육의 관계를 밝혀낸 책
<운동화 신은 뇌>에서 아이들을 좁은 교실에 가둬놓고
몇 시간씩 움직이지 말고 공부하라는 건 뇌를 죽이는
일이다. 뇌도 근육이라 써야 발달하고 안 쓰면 퇴화한다.
따라서 운동으로 뇌가 활성화된 상태에서 공부하는 것이
효과적이라고 했습니다.

운동을 하면 뇌에 공급되는 피와 산소가 늘어나고,
세포 생성 속도가 빨라지고,
뇌 안의 신경세포(뉴런) 기능이 활발해집니다.
몸이 건강해야 정신도 건강합니다.
체육시간을 늘리고 체력을 길러야만 합니다.

이제 지덕체智德體가 아니라
체덕지體德智인 시대를 살고 있습니다.

2019년 1월 3일 오후 4:19

현재 이 순간에 충실하라 - 맨발 168일

1950년대 미국의 사립 고등학교에서 있었던 일을 배경으로 한 〈죽은 시인의 사회〉라는 영화에서 주인공 키팅 선생이 전하는 메시지를 전합니다.

> "학교의 네 가지 원칙
> 전통, 명예, 규율, 우수함에서 자유로워져라.
> 부모의 기대와 주변의 평가 성적에 대한 부담감이라는
> 무거운 짐 속에서 미래만을 바라보며 사는 학생들에게
> 카르페 디엠(carpe diem). 현재를 잡아라!
> 삶의 정수는 미래에 있는 것이 아니라 현재에 있다.
> 왜냐하면 우리는 언젠가 죽으니까! 반드시 죽으니까
> 살인적인 교육 시스템에 억눌려
> 기성세대가 원하는 삶을 살아야 하는 학생들이여!
> 한 번뿐인 삶을 독창적으로 살아라.
> 타인의 인정을 받는 것도 중요하다.
> 하지만 자신의 신념의 독특함을 믿어야 한다.
> 이제부터 여러분 나름의 길을 걸어라,
> 방향과 방법은 마음대로 선택하라.
> 그것이 자랑스럽던 바보 같던 걸어 보아라.
> 시와 아름다움, 낭만, 사랑은 삶의 목적인 거야.
> 휘트만의 시를 인용하자면
> 오, 나여! 오, 생명이여! 수없이 던지는 이 의문!"

그리고 레이티 교수는

> "뇌를 깨우기 위해선 하루 20~30분 정도 달리기 같이
> 약간 부담되는 유산소운동을 하는 것이 좋다.
> 간단한 운동이라도 꾸준히 하라.
> 작은 움직임도 뇌를 깨운다. 10분 걷는 것만으로
> 더 창의적 결과물을 내놓는다."

는 연구 결과를 발표했습니다.
움직여야 공부를 잘할 수 있습니다.
배고팠던 시절을 경험한 우리 세대가
그래도 건강한 체력을 가진 것은
승용차가 없었던 시절에 많이 걸어 다닌 덕분일 것입니다.

2019년 1월 5일 14:46

박정희 선생님, 오신환 선생님과 함께

고성 서원 순례를 했습니다.

수림서원. 위계서원. 도연서원. 허씨 고가. 마암면 석마 등을

둘러보며

먹고 사는 실제적인 일에 집중하지 않고 글만 읽는 서생들!

예나 지금이나 비슷한 것 같습니다.

대원군의 서원철폐 운동을 조금은 이해하게 되는 시간이었습니다.

간절 - 맨발 170일

미용실에 갔더니 추워서 맨발로 걷기가 힘들다고 했습니다.
하지만 맨발로 걷지 않으니까 밤에 잠이 오지 않아서
맨발로 걷기를 꼭 해야겠다고 하기에
"대나무밭 사이로 걸으니 바람이 없어서 좋다."고 했더니
"그게 좋겠습니다~. 망경동 대나무밭."
다시 걷겠다고 했습니다.
몸이 안 좋으면 건강이 간절해집니다.
뭔가 상황이 안 좋거나, 급하거나, 부족하거나,
결핍된 상황일 때 간절해집니다.
열심히, 꾸준히, 계속의 힘이 신뢰의 지름길임을
이야기하다가 이재무의 '간절'을 생각합니다.

이재무 시인은 〈간절〉이라는 시에서

> "삶에서 '간절'이 빠져나간 뒤
> 몸이 쉬 달아오르지 않는다.
> 달아오르지 않으므로 절실하지 않고
> 절실하지 않으므로 지성을 다할 수 없다."

라고 합니다.
그래서 공같이 튀는 탄력적인 삶을 다시 살기 위해서는
간절해야 한다고 합니다. 회복탄력성!

대나무밭 길을 걸으며 소나무를 생각합니다.
솔에서 'ㄹ'이 탈락하여 소나무라고 했다지만,
'속이 좁고 빽빽해서 소小나무가 아닌가?' 하는 생각!
만파를 가라앉히는 피리라는 만파식적과
해가 갈수록 단단해지는 대나무는
속을 텅텅 비워 내어 속이 넓어져서 대大나무?
하하하.
우두머리라는 의미를 가진 '수리'가
'술'로 또 '솔'로 변형되었다는 솔은
끌고 다니던 'ㄹ'을 버리고 소가 되어서
좀 홀가분해지지 않았을까?
신을 벗고 이만큼 홀가분하니까.
맨발 걷기의 ^힘^.
평화를 빕니다.

2019년 1월 7일 18:37

교토입니다 - 맨발 174일

한 사람의 욕망과 그 시대적인 상황에서 살아내려는
다수의 그 노력을 생각합니다.
눈이 어두운 개인 그 자신의 욕망에 다수를 헤아리지 못한
그래서 당해야만 했던 다수의 그 억울함을 생각합니다.

그 시간을 생각하며 카타르시스를 생각합니다.
문학에서 카타르시스의 기본적 의미는 '비극에 동참하는
인물들의 비참한 운명을 보고 간접 경험을 함으로써 자신의
두려움과 슬픔이 해소되고 마음이 깨끗해지는 일'이라고
되어 있습니다.

정신분석에서는 마음속에 억압된 감정의 응어리나 상처를
언어나 행동을 통해 외부로 드러냄으로써 강박관념을 없애고
정신의 안정을 찾는 일로 나타냅니다.
무의식 속에 잠겨 있는 마음의 상처나 콤플렉스를 말, 행위.
감정으로써 밖으로 발산시켜 노이로제를 치료하려는
정신요법 중의 하나라고 합니다.

일본에서 용서라는 단어를 생각했습니다.
꽃을 좋아하면 내가 좋을까요? 꽃이 좋을까요?

이 맥락으로 용서라는 말뜻을 생각해 보았습니다.

재미있습니다.
한자로 용서容恕는
받아들이고 소화하고 수용하는 것을 의미하는 容(용)과
헤아려서 이해하는 것, 그 마음을 알아주는 것.
같은 마음인 여심如心을 의미하는 恕(서)가 더해진 것입니다.
그러니까 동양에서 용서는
'소화하고 헤아려 주고
마침내 상대방의 입장이 되어주는 것'을 의미합니다.

영어로 용서는 forgive입니다.
'위한'이라는 for와 '주다'는 give의 합성어입니다.
누구를 위한 용서인가? 결국 나를 위한 용서입니다.
남을 위해서 한 기도도 결국은 나를 위한 것이었습니다.
용서하지 않으면 그 분노와 미움이 독이 되어
본인을 해치기 때문입니다.

용서해야 속박에서 자유로워집니다.
남만 용서할 것이 아니라 못마땅하고 부족하고
실수하는 나 자신도 용서해야 합니다.

자기 자신도 용서하고 수용하며 일상에서 최선을 다하는
보람 있는 시간을 응원합니다.
맨발인들~ ^힘^!

2019년 1월 12일 13:01

일본 - 맨발177일

편견 없이 일본을 봅니다.
지일知日은 우리의 과제니까요!
대여섯 차례 다녔지만 계절이 다르고 지역이 달라서
같은 느낌은 아니었습니다.

일본의 작고 앙증맞고 세심한 문화에 감탄하지만
꿇어앉고, 정부를 믿고, 지배자를 따라야 하는
일본인의 삶 뒤에는 칼이 있다는 것을 알 수 있습니다.
그들은 힘이 약한 사람을 부리고, 안일하고 나태한 사람은
바로 목을 쳐버리는 문화이기에
힘이 없는 사람은 살기 위해서 고개를 숙이고 종종걸음을
걸으며 "스미마생(아직 할 일이 남았습니다. 미안합니다)."을
입에 달고 살 수밖에 없었던 것입니다.
살기 위해서, 살아남기 위해서
작게 낮출 수밖에 없었을 것입니다!
그들의 의衣·식食·주住를 보면
옷은 집에서 입는 옷과 회사에서 교복처럼 입는 옷이기에
다양하지 않게 해서 일에 집중하게 하고
밥도 아주 작은 그릇에 담아서 개개인이 따로 먹게 하고
배불러서 나태해지는 것을 막기 위해

다양한 그릇에 작게 담아냅니다.
지금 일본 국민이 제일 많이 앓는 병은 위장병이라는군요.
참아야하니까요! 그들은 세계 3위의 일 중독 국민들입니다

다다미방은 제게 맞지 않았습니다.
등이 따뜻하지 않아서 잠을 잘 수가 없었습니다.
뜨끈뜨끈한 온돌방이 생각났고
그들의 칼의 문화를 생각하며 으스스함으로
밤새도록 눕지 않았습니다.

맨발인 여러분! 덕분에 무사히 귀국했습니다.
고맙습니다. 오늘도~ ^힘^!

2019년 1월 15일 8:20

사람이 다입니다 - 맨발 194일

애정과 시간을 좋은 사람들에게 집중해야 합니다.
좋은 사람이란 누구인가 하는 기준이
바로 우리가 누구인가를 결정하는 가치관입니다.
좋은 사람에 대한 가장 멋진 기준 하나를 제시하면
'내가 서고 싶으면 먼저 그 사람을 세워 주어라'
이런 가치를 믿는 사람이 좋은 사람입니다.
20세기 최고의 수필로 꼽히는
헬렌 켈러의 〈사흘만 볼 수 있다면〉에서 그녀는
첫날에는 "자신을 가르쳐준 앤 설리번 선생님의 얼굴을
보고, 아름다운 꽃들과 풀과 빛나는 저녁노을을 보고
싶다."고 합니다. 앤 설리번 선생을 상상합니다.
평생을 다해 단 한 명의 제자를 가르친 그분은
좋은 사람입니다. 훌륭한 분입니다.

다른 사람의 불행과 희생 위에 나의 성공을 쌓는 사람은
경계해야 합니다. 이런 사람과 얽히면 최악입니다.

심리 치료의 대가 칼 로저스 박사는
높은 인격의 4대 원칙을

남을 인정하고 존중하는 사람,
솔직하고 순수한 사람,
상대의 입장을 헤아려 말하고 행동하는 사람,
믿고 맡기는 사람

으로 정했습니다.

지윤이가 저더러 로저스와 닮았다고,
특히 '여기 그리고 지금(here and now)'을 강조하는 것이
많이 닮았다고 해서 높은 인격의 4대원칙을 생각합니다.
인격 회복의 결정적인 걸림돌은
미루기와 체면 세우기입니다.
흙길을 걷다 보면 나도 모르는 사이에 심리적으로
넉넉해짐을 알 수 있습니다.

어떤 사람들과 인생을 함께 했느냐가
바로 그 사람의 인생이 무엇이었는지를 말해주는
가장 결정적인 증거입니다.
사람은 사람으로 살고 사람으로 죽습니다.

홀로 걸으며 주변 사람들을 위해 기도합니다.
내 마음 편하자고… ㅎㅎㅎ.
^힘^

2019년 2월 2일 9:38

현대를 살아가는 우리에게 필요한
자연 친화적인 흙길 맨발 걷기로
생각을 정리하는 사유로 행복하고
몸을 정돈하는 자유로 건강하시기를 기원합니다.

읽어 주셔서 고맙습니다.

언덕당(言德堂)에서 지암(志岩) 김옥희 두 손 모읍니다.